飞虎闪电耳针疗法

邱飞虎 著

北京大学医学出版社

FEIHU SHANDIAN ERZHEN LIAOFA

图书在版编目（CIP）数据

飞虎闪电耳针疗法 / 邱飞虎著 . — 北京：北京大
学医学出版社 , 2022.9
　ISBN 978-7-5659-2702-7

　Ⅰ . ①飞… Ⅱ . ①邱… Ⅲ . ①耳针疗法 Ⅳ .
① R245.32

中国版本图书馆 CIP 数据核字 (2022) 第 139107 号

飞虎闪电耳针疗法

著　　　：邱飞虎
出版发行：北京大学医学出版社
地　　址：（100191）北京市海淀区学院路 38 号　北京大学医学部院内
电　　话：发行部 010-82802230；图书邮购 010-82802495
网　　址：http ://www.pumpress.com.cn
E － mail：booksale@bjmu.edu.cn
印　　刷：北京信彩瑞禾印刷厂
经　　销：新华书店
责任编辑：法振鹏　**责任校对**：靳新强　**责任印制**：李　啸
开　　本：710 mm × 1000 mm　1/16　印张：13.25　字数：258 千字
版　　次：2022 年 9 月第 1 版　2022 年 9 月第 1 次印刷
书　　号：ISBN 978-7-5659-2702-7
定　　价：80.00 元

序

耳穴疗法是中国传统医学的重要组成部分，因其疗法安全、操作简单、具有较好的疗效，而深受广大中医从业者喜爱，为人民大众的身体健康做出了贡献。广大的中医人传承、发扬、维护并创新耳穴疗法，写出了多部著作。今此我了解到《飞虎闪电耳针疗法》这本书，很是欣慰。此书浅显易懂，临床经验总结实事求是，汇集邱飞虎老师多年的临床精华，非常适合中医从业者认真阅读，并融入自己的技术体系中。此书的问世是广大中医人的福音。

邱飞虎老师是中推"飞虎闪电针法""飞虎闪电耳穴"疗法专题授课专家、中推中医专家委员会委员，曾参加2017年中推杯中华好手法大赛，并获得二等奖。为什么邱飞虎老师的技术如此过硬，医德高尚，又有着独特的个人魅力？后来了解到邱飞虎老师的传奇人生，才让我明白，原来邱老师自幼在深山古刹跟随佛门法师薰习佛法、修禅学医、练功习武，并将其所学融会贯通。他为方圆百里的百姓诊治，从不收费，因此积累了非常多的临床案例。这样的德行和技艺让业界的同行甚是佩服。在中推专题授课会场，他是一位优秀的授课老师，面对学员数次问询，总是耐心地讲解、操作，直到学员学会为止；在诊所，他是一位被患者充分信任的好医生，不是看病就必须收钱的，他从来不会因为费用问题和患者有所口舌，多给、少给、不给都无所谓。每次和邱飞虎老师见面，总要好好聊聊，感受邱老师的这种大爱。这些都对我做人做事产生深远影响。

源远流长的中医针灸、耳穴疗法、柔性正骨手法等，以"不开刀、不吃药、康复快、花钱少"的特色，针对各种陈年老病、疑难杂症等取得了很好的治疗效果，深受广大患者的喜爱。耳针耳穴疗法是中国传统医学的重要组成部分，距今已有3000多年的历史。邱飞虎老师在传承中医技法的基础上，结合自己的多年临床经验，总结出一套行之有效的技法，为全国的中医手法传承做出贡献。邱飞虎老师的著作付梓是中医发展的幸事，是中医从业者的幸事。

中推联合医学研究院和邱飞虎老师共同推广飞虎闪电针法、耳穴疗法以来，邱老师在中推专题授课会场中展示了上佳的授课效果，取得了骄人的成绩，代表"中推人"为中医的传承和发展贡献了力量。"中推人"也因此更加认清自己的不足，严格要求自己，加倍努力，以邱飞虎老师的实干精神和高尚医德为榜样，共同为祖国传统医学的传承做出更大的贡献。

愿广大同仁能通过此书有所收获，足矣！

中推联合医学研究院院长
中推中医专家委员会秘书长
庞振华

前　言

　　耳针疗法是祖国医学中重要的组成部分。它是我国古代医家在长期与疾病作斗争中总结出来的宝贵经验，现在又成为世界医学的一部分。本书是本人与众多弟子历时 2 年呕心沥血把多年临床经验梳理编辑而成，每一针都是千锤百炼，疗效确切。

　　本书记录了上百种病症的辨证论治，覆盖面广，主要对临床常见病、多发病及慢性病进行梳理，选取针灸治疗优势病种编撰，图文并茂。实践证明，这些配穴方法如果能在某一证候中辨证运用，可以更好地提高针灸的治疗效果。

　　值此成书之际，谨向北京大学医学出版社表示诚挚的感谢，同时感谢小美老师的鼎力相助。

　　本书较针灸学科整体而言，编写内容或者体例仍有诸多不足，敬望广大读者指正。

邱飞虎

目　录

上篇　耳穴的定位、功能与主治

下篇　耳穴的常见病治疗

上篇
耳穴的定位、功能与主治

第一章

耳轮脚及耳轮部分

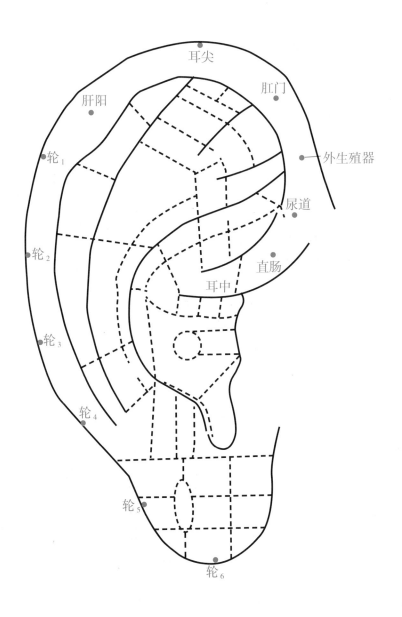

第一节 耳中

【曾用名】膈、开心穴、迷走神经点、支点、零点。

【定位】耳轮脚中点下缘处。

【功能】解痉降逆，止呃止呕，理血祛风。

【主治】呕吐、呃逆、胸满、胁痛、胃痛、癫狂、咯血、吐血、贫血、脊背痛、嗳气、恶心、水肿、头晕、耳鸣、尿闭、尿少、遗尿、尿崩等。

【附记】本穴性质属平，故能升、能降，有清热利湿之功。

本穴可调节内脏功能，有效地调理神经系统疾病、消化系统疾病、皮肤病、血液病、出血性疾病、心血管疾病。

本穴与膀胱穴都属平性穴，都与膀胱的经气有关，具有清热利水和行气的功能，如治疗水肿、头晕、耳鸣。但本穴偏重疏理气机，有升有降；升清以治疗头晕、耳鸣；降浊以消肿、止呃。而膀胱穴偏重气化开阖（合），能开能阖；开启以治疗尿闭、尿少，关闭以治疗遗尿、尿崩。两穴同中有异，异大同小，临证不可不知。

一般认为，耳轮脚相当于人体的膈肌，而"耳中"也与经穴中的"膈俞"功用相近。临床上用于膈肌痉挛引起的呕吐、呃逆。

血虚或血瘀引起的诸般血分疾病，某些内脏出血（如咯血、便血），以及血热郁于肌肤所致的风疹、皮癣、顽固性皮肤瘙痒症均可用此穴治疗。

可以通过刺激迷走神经而治疗神经衰弱、神经痛、头痛、耳聋耳鸣、更年期综合征、癔症等精神、神经疾病，具有显著的镇静及镇痛作用，为耳区的主穴。

本穴可有效调理各种原因引起的心情不畅，故曰"开心穴"。

第二节 直肠

【曾用名】直肠下段。

【定位】接近屏上切迹处，与大肠穴同水平。

【功能】通腑导滞，消炎止痛，健脾固脱，活血消肿，清热利湿，升阳止痢。

【主治】便秘、腹泻、里急后重、痔疮、脱肛、痢疾、鼻炎、鼻息肉等。

【附记】此穴对直肠功能有双向调节作用，既可止泻，又能通便。

此处出现阳性反应，伴大肠穴充血红润，且触之平坦，多为肠炎、腹泻。

第三节　尿道

【定位】与耳轮下脚下缘同水平的耳轮处（即与膀胱同水平的耳轮处）。

【功能】利水通淋，除湿止痒，镇静止痛，行气束溺。

【主治】遗尿、尿频、尿急、尿痛、尿道炎、尿潴留、尿道狭窄、输尿管结石、阳痿、外阴炎、外阴部瘙痒、会阴部皮肤病、乳糜尿等。

第四节　外生殖器

【曾用名】生殖器1。

【定位】与对耳轮下脚上缘同水平的耳轮处（即与交感穴同水平）。

【功能】消炎止痛，理气升阳，利湿止痒，调经止带。

【主治】睾丸炎、附睾炎、外阴瘙痒、阴道炎、阳痿、遗精、性功能障碍、龟头炎、宫颈炎、尿潴留、腰痛、坐骨神经痛、月经过多等。

【附记】本穴可有效地治疗外生殖器的病症，如会阴部皮肤病、阳痿、龟头炎、阴囊湿疹等。

本穴还可治疗腰腿疼痛。

第五节　肛门

【曾用名】痔核点。

【定位】与对耳轮上脚前缘同水平的耳轮处。

【功能】清热利湿，行气止痛，活血升阳，散风止痒。

【主治】鼻炎、鼻息肉、鼻塞、内痔、外痔、肛裂、脱肛、肛门瘙痒、里急后重、肛门周围炎、肛门脓肿、肛门括约肌松弛等。

【附记】此穴可用于诊断内痔、外痔、混合痔及肛裂。若肛门穴视诊皮肤粗糙，纹理加深，呈深褐色，多提示为肛门瘙痒。

在治疗鼻炎时，用本穴配上垂前穴。《灵枢·本神》曰："肺藏气，气舍魄。"肛门为魄门，故能治疗鼻炎和痔疮。

第六节　耳尖

【定位】耳轮顶端。

【功能】清热解毒，镇肝熄风，凉血止痒，消肿止痛，养颜明目。

【主治】睑腺炎（麦粒肿）、急性结膜炎、急性咽炎、扁桃体炎、面神经炎、心悸、多汗、倒睫、荨麻疹、全身瘙痒、银屑病（牛皮癣）、高血压、头晕、头痛、腰痛、顽固性失眠、烦躁、转氨酶增高、黄褐斑、肝胆斑、雀斑以及头面部的疾病。

【附记】耳尖属全身针灸穴位中的奇穴，因感冒等上呼吸道感染或其他部位感染导致的发热，可用本穴退热。

本穴还可作用于泌尿系统疾病。

此穴也可用于各种皮肤病。

应用耳尖穴抗炎、退热、降压、抗过敏时，以点刺放血法为好，用三棱针点刺该处，使其出血数滴，出血量少难以获效。

《针灸大成》："在耳尖上，卷耳取尖上是穴。治眼生翳膜，用小艾炷五壮。"

第七节　肝阳

【曾用名】结节、肝阳1、肝阳2、枕小神经。

【定位】耳轮结节处。

【功能】息风潜阳，疏郁解毒，养血柔肝，利湿清热。

【主治】头痛、头晕、目赤红肿、急慢性肝炎、迁延性肝炎、肝癌、转氨酶长期不降者、高血压病、胁肋胀痛等。

【附记】本穴可有效治疗肝阳上亢所致的疾病。

本穴可用于治疗精神分裂症、癔症、抽搐。

第八节　轮₁—轮₆

【定位】自耳轮结节下缘至耳垂下缘中点划为5等份，共6穴，由上而下依次为轮₁、轮₂、轮₃、轮₄、轮₅、轮₆。

【功能】清热止痛，平肝息风，扶正祛邪，消炎消肿，利咽。

【主治】急性咽炎、慢性咽炎、扁桃体炎、急慢性支气管炎、感冒、头晕、头痛、高血压、发热等。

【附记】轮$_1$—轮$_4$和耳尖放血：治疗全身痛症，多发性肌炎。

轮$_1$放血：治疗四肢末端疾患，如指趾关节炎、手指麻木或针刺感、皮肤病。

轮$_2$放血：治疗肩周炎、网球肘、高尔夫球肘。

轮$_3$放血：治疗颈椎病、肩背痛、肩关节周围炎。

轮$_4$放血：治疗口腔疾患，上牙痛、下牙痛、牙周病、颞颌关节炎及功能紊乱；亦可用于治疗颈椎病、肩周炎、多发性肌炎、后头痛。

轮$_5$放血：治疗中耳炎、牙痛、耳堵塞感、耳鸣或听力下降。

轮$_6$放血：治疗咽炎、喉炎、扁桃体炎。

第二章

耳舟部分

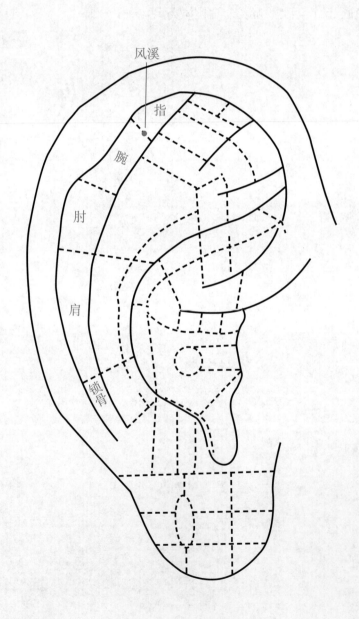

风溪

指

腕

肘

肩

锁骨

第一节　指

【曾用名】阑尾。

【定位】将耳舟部分分为 6 等份，自上而下，第 1 等份为指；指、腕两穴之间为风溪；第 2 等份为腕；第 3 等份为肘；第 4 至第 5 等份为肩；第 6 等份为锁骨。

【功能】消炎，通络，消肿，止痛。

【主治】关节扭伤、雷诺病（手麻）、多汗症、皮肤病、甲沟炎、指炎、类风湿关节炎、手腕痛等。

【附记】本穴可有效治疗指关节疾病。

本穴配上交感穴治疗手麻效果明显。

第二节　风溪

【曾用名】过敏区、荨麻疹点。

【定位】将耳舟部分分为 6 等份，自上而下，第 1 等份为指；指、腕两穴之间为风溪；第 2 等份为腕；第 3 等份为肘；第 4 至第 5 等份为肩；第 6 等份为锁骨。

【功能】活血祛瘀，祛风止痒，止咳平喘，宁心安神。

【主治】过敏性肠炎、过敏性鼻炎、急慢性荨麻疹、哮喘、湿疹、烦躁、神经性皮炎、皮肤瘙痒症、风湿性关节痛等。

【附记】此穴是抗过敏的经验穴，凡是与过敏有关的疾病都可用此穴治疗，如过敏性荨麻疹、特异性皮炎、药疹、湿疹、痤疮、蚊虫叮咬、皮肤瘙痒。

因感冒、流涕、畏寒、发热和急性细菌性结膜炎（红眼病）的眼睛红肿与人体致病过敏原有关，也可取用风溪穴配合治疗。

本穴性质属阴，故有宁心安神，清热利湿，固表止痒之功，可用于治疗上述诸症。

本穴可治疗类风湿关节炎。

第三节　腕

【曾用名】睡眠诱导点。

【定位】将耳舟部分分为 6 等份，自上而下，第 1 等份为指；指、腕两穴之间为风溪；第 2 等份为腕；第 3 等份为肘；第 4 至第 5 等份为肩；第 6 等份为锁骨。

【功能】活血祛瘀，通络止痛，祛风止痒，抗过敏。

【主治】腕部疼痛、腱鞘炎、手指麻木、失眠、荨麻疹、过敏性鼻炎等。

【附记】本穴可有效治疗腕关节疾病。

本穴还可治疗胃痛和过敏性皮炎。

第四节　肘

【曾用名】睡眠诱导点。

【定位】将耳舟部分分为6等份，自上而下，第1等份为指；指、腕两穴之间为风溪；第2等份为腕；第3等份为肘；第4至第5等份为肩；第6等份为锁骨。

【功能】活血祛瘀，通络止痛，镇静止痒。

【主治】失眠、肱骨外上髁炎、肘部疼痛、肘关节扭伤、风湿性肘关节炎、落枕、上臂酸痛、甲状腺功能亢进等。

【附记】对上肢瘫痪、麻木、疼痛也有一定疗效。

第五节　肩

【曾用名】阑尾2。

【定位】将耳舟部分分为6等份，自上而下，第1等份为指；指、腕两穴之间为风溪；第2等份为腕；第3等份为肘；第4至第5等份为肩；第6等份为锁骨。

【功能】活血祛风，通络止痛。

【主治】肩痛、肩关节周围炎、上臂疼痛、手臂不能外展及抬举（障碍性肩周炎）、落枕、无脉症、胆石症、风湿病、阑尾炎、肩背部筋膜炎、颈椎病等。

本穴穴性偏阳，侧重于通络宣痹。

第六节　锁骨

【曾用名】阑尾3、肩、肾炎点。

【定位】将耳舟部分分为6等份，自上而下，第1等份为指；指、腕两穴之间为风溪；第2等份为腕；第3等份为肘；第4至第5等份为肩；第6等份为锁骨。

【功能】活血祛风，通络止痛。

【主治】肩关节周围炎、肩背疼痛、颈肩疼痛、颈动脉狭窄、风湿病、无脉症、颈椎病、甲状腺疾病、锁骨骨折疼痛等。

第三章

对耳轮上脚部分

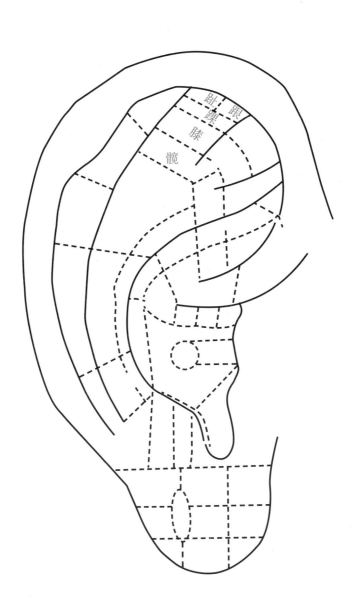

趾
跟
踝
膝
髋

第一节　趾

【定位】对耳轮上脚的后上方近耳尖部。

【功能】活血祛风，疏络消肿，清热祛湿。

【主治】趾关节扭伤、趾关节冻伤、掌趾皮肤角化症、甲沟炎、脚癣、类风湿关节炎、肢体动脉痉挛症（雷诺病）、红斑性肢痛、脑血管意外后遗症等。

【附记】本穴还可有效治疗四肢末梢血液循环障碍、脑血管意外后遗症所致的足趾活动障碍。

第二节　跟

【曾用名】肾点。

【定位】对耳轮上脚的前上方，近三角窝部。

【功能】活血祛风，强筋壮骨，消肿止痛。

【主治】头痛、头晕、目赤红肿、胁肋胀痛、跟骨肿痛、痛风、跟骨骨质增生引起的疼痛及肾虚引起的足跟痛、跟腱炎和筋膜炎引起的足跟痛等。

【附记】本穴可有效治疗肝阳上亢所致的疾病。

本穴可用于治疗精神分裂症、癔症、抽搐。

本穴性质属阳，故有行气活血，疏经通络之功。

脚后跟为肾所主，跟穴也有滋水涵木之功效，根据中医五行相生理论，即水生木，因此跟穴有滋肾阴、养肝阴之功效，可适用于肾阴亏损而肝阴不足，以及肝阳偏亢之证。

第三节　踝

【曾用名】踝关节。

【定位】跟、膝两穴之间。

【功能】活血祛风，强筋壮骨，消肿止痛。

【主治】踝关节扭挫伤、踝关节炎、痛风等。

【附记】此处触及条索，多为踝关节扭伤。

第四节　膝

【定位】对耳轮上脚的中部（即中 1/3 处）。

【功能】祛风胜湿，通络止痛。

【主治】膝关节肿痛、下肢功能障碍、风湿性关节炎、髌骨骨折、退行性骨关节炎、膝关节积液等。

【附记】此处有阳性反应，多为良性关节痛或软组织扭挫伤及炎症引起的疼痛。

第五节　髋

【曾用名】髋关节。

【定位】对耳轮上脚的下 1/3 处。

【功能】活血通络，消肿止痛。

【主治】髋关节疼痛、坐骨神经痛、腰腿痛、梨状肌综合征、股骨头坏死、腰骶痛等。

本穴性质属阳，故有行气活血，疏经通络，活血止痛，通利关节之功。

第四章

对耳轮下脚部分

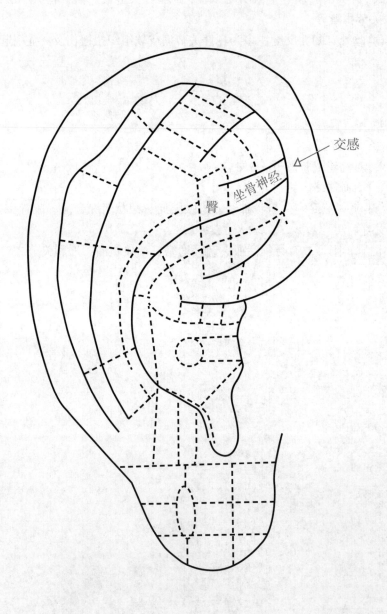

交感

坐骨神经

臀

第一节　臀

【定位】对耳轮下脚的后 1/3 处。

【功能】通经活络，消肿止痛。

【主治】臀部疾病、腰腿疼痛、坐骨神经痛、臀筋膜炎等。

本穴性质属阳，专于行气通利，故有舒筋活血，通络止痛之功，也可祛风湿。

第二节　坐骨神经

【曾用名】坐骨。

【定位】对耳轮下脚的前 2/3 处。

【功能】通经活络，消肿止痛，强筋壮骨。

【主治】坐骨神经痛、坐骨神经炎、腰椎间盘突出症、腰腿痛、小儿麻痹症、下肢瘫痪等。

【附记】在治疗坐骨神经痛时，配合取用沿坐骨神经走行出现症状部位的相应穴治疗，效果非常明显。

本穴性质属阳，专于行气通利，故有舒筋活血，消肿止痛的功用。

第三节　交感

【定位】对耳轮下脚的末端与耳轮交界处。

【功能】解痉镇痛，滋阴潜阳，养心宁神，益阴清热。

【主治】输尿管结石、肾结石、膀胱炎、肾盂肾炎、急性肾炎、肾病综合征、肾衰竭、性功能障碍、尿潴留、尿崩症、产后垂体功能低下症、胃肠痉挛、急性胃炎、慢性胃炎、胃神经症、胃痛、胃溃疡、十二指肠溃疡、腹胀气、肠鸣、腹泻、肠绞痛、胃肠功能紊乱、过敏性结肠炎、肠炎、肠结核、麻痹性肠梗阻、消化不良、恶心呕吐、便秘、细菌性痢疾、心绞痛、急性阑尾炎、慢性阑尾炎、慢性胰腺炎、急性传染性肝炎、慢性传染性肝炎、慢性胆囊炎、胆结石、胆道蛔虫症、支气管炎、胸闷痛、痛经、产后宫缩痛、不明原因浮肿、动静脉痉挛、静脉曲张、风湿性肌肉痛、腱鞘炎、急惊风、支气管肺炎、哮喘、肺气肿、百日咳、雷诺病（手麻）、高血压、低血压、冠心病、无脉症、心动过速、风湿性心脏病、心肌炎、心律失常、白细胞减少症、脉管炎、血小板减少性紫癜、胆绞痛、失眠、心悸、多汗症、自汗、盗汗、流涎、胃酸过多、肥胖症等。

【附记】此穴是临床运用较多的一个耳穴。本穴具有调节自主神经的功能，能够调节交感和副交感神经，缓解平滑肌痉挛，调节血管的舒缩功能，对内脏器官有较强的镇痛作用。临床上主要用于治疗失眠、多汗、内脏器官神经症及性功能障碍等自主神经功能紊乱的诸种病症。

交感神经是自主神经系统的一部分。交感神经系统的活动比较广泛，刺激交感神经能引起腹腔内脏及皮肤末梢血管收缩、心搏加强和加速、瞳孔散大、消化腺分泌减少、疲乏的肌肉得到恢复，使工作能力增强。交感神经的活动主要保证人体紧张状态时的生理需要。人体在正常情况下，功能相反的交感和副交感神经处于相互平衡制约中。当机体处于紧张活动状态时，交感神经活动起主要作用。

本穴对腺体的分泌主要偏向于抑制作用，除治疗多汗外，还可用于治疗小儿流涎、脂溢性皮炎、脂溢性脱发，亦可适用于胃酸过多者。

交感穴有显著缓解内脏痉挛疼痛的作用，常称其为"内脏止痛要穴"。因为内脏痉挛疼痛的传入神经主要是交感神经的 C 类纤维，刺激交感穴的传入信息可以通过神经系统对伤害性刺激传入信息产生抑制，使机体对痉挛疼痛引起的感觉和反应受到抑制，内脏平滑肌痉挛状况得到缓解。

交感穴对血管有舒张、调节作用，以扩张血管的作用为主，可用于动静脉痉挛或狭窄引起的无脉症、脉管炎、肢体动脉痉挛症。

此穴可治疗内脏绞痛症，运用时配以相应部位的耳穴，使物理性感传直趋病所，改善及缓解痉挛性疼痛。

本穴还有一定解有机磷中毒的作用，可辅助急救农药中毒。

【禁忌证】对萎缩性胃炎、胃酸分泌过少症、萎缩性胆囊炎、胆汁分泌过少和口咽干燥者慎用。

第五章

对耳轮体部分

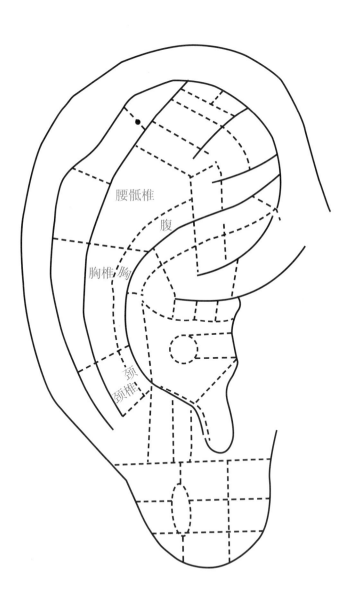

腰骶椎

腹

胸椎 胸

颈

颈椎

第一节　颈椎

【曾用名】甲状腺。

【定位】轮屏切迹至对耳轮上、下脚分叉处分为 5 等份，下 1/5 为颈椎。

【功能】活血祛风，强筋壮骨，通经止痛。

【主治】颈椎综合征、颈部扭挫伤、颈部肌炎、落枕、肩痛、甲状腺肿、甲状腺功能亢进、颈肩酸痛、颈椎骨质增生或退化、各种原因引起的颈部疼痛、脊椎炎、强直性脊柱炎、风湿性关节炎、肥胖症、小脑性共济失调、头痛、耳鸣等。

【附记】对上肢痿证、痹证、瘫痪也有一定的疗效。

临床上常将此处作为颈椎骨质增生的诊断参考穴。若此处触及条索，即提示颈椎骨质增生。

第二节　胸椎

【曾用名】乳腺。

【定位】轮屏切迹至对耳轮上、下脚分叉处分为 5 等份，中 2/5 为胸椎。

【功能】通经止痛，强脊益髓，行气活血。

【主治】胸椎骨质增生、退行性病变、胸背疼痛或扭挫伤、肋间神经痛等。

【附记】本穴对胸椎引起的病症和胸腔疾病有很好的疗效。

本穴也可治疗乳腺疾病，如乳腺炎、乳腺增生、乳腺结节、泌乳不足、经前乳房胀痛，对副乳治疗效果较好。

第三节　腰骶椎

【定位】轮屏切迹至对耳轮上、下脚分叉处分为 5 等份，上 2/5 为腰骶椎。

【功能】强肾壮腰，通经活络，消肿止痛，行气活血。

【主治】腰骶椎扭挫伤、腰肌劳损、腰椎间盘突出、肾结石引起的腰骶疼痛、腰骶椎肥大、类风湿关节炎、强直性脊柱炎、慢性肾盂肾炎、腹痛、腹膜炎等。

【附记】本穴对肾结石引起的腰痛也有一定疗效；另外，对各种原因引起的腰骶部疼痛和下肢功能障碍疾病也有一定的治疗作用。

第四节　颈

【定位】颈椎穴内侧近耳腔缘。

【功能】通经活络，消肿止痛。

【主治】颈部挫伤、斜颈、颈椎骨刺、甲状腺功能亢进、甲状腺功能减退、颈动脉狭窄、落枕、头晕、耳鸣、颈部淋巴结核等。

第五节　胸

【定位】胸椎穴内侧耳甲腔。

【功能】通经活络，清热解毒，理气活血，化瘀消肿。

【主治】胸椎骨质增生、胸椎退行性病变、胸背疼痛、胸背部扭挫伤、肋间神经痛、肋软骨炎、带状疱疹、胸膜粘连、肺炎、肺结核、乳腺增生、乳腺癌、乳腺纤维瘤、抑郁症、心悸等。

【附记】本穴可有效治疗各种胸椎病变。

本穴也可治疗乳腺炎、乳汁分泌不足、经前乳房胀痛。

本穴有极强的抗病毒和抗炎作用。

本穴性平，有偏阴之性，故可以理气消肿，活血化瘀，清热解毒，镇静止痛。

第六节　腹

【定位】腰骶椎内侧近耳腔缘。

【功能】通经活络，柔肌解痉，消肿止痛，和胃下气，消肿除满。

【主治】急慢性胃肠炎、便秘、腹胀、腹痛、腹泻、麻痹性肠梗阻、急性腰扭伤、痛经、产后宫缩痛、妊娠纹、肥胖症等。

【附记】对各种原因引起的腹痛有一定疗效。

本穴可用于治疗妇产科疾病、消化系统疾病。

此穴对急性腰扭伤有一定的疗效。

第六章

三角窝部分

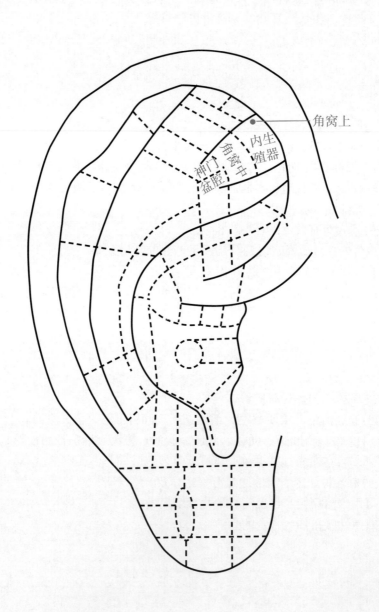

角窝上

内生殖器

角窝中

神门

盆腔

第一节　神门

【定位】在三角窝内，对耳轮上、下脚分叉处稍上方。

【功能】镇静安神，解痉止痛，抗炎止痒，抗过敏，降血压。

【主治】神经衰弱、失眠、多梦、心烦、癔症、精神分裂症、癫痫等。

【附记】此穴镇痛效果显著，对各种原因引起的疼痛均有治疗作用，为止痛要穴。止痛范围包括内脏痉挛性疼痛、头面五官和躯体的疼痛、外伤性疼痛和神经性疼痛等。

神门穴还是耳针麻醉的重要穴位。

神门穴镇静作用突出，它通过调节大脑皮质的兴奋和抑制过程而发挥镇静作用。神门穴对戒断综合征也有较好的治疗作用。

神门穴有较好的消炎作用，对呼吸系统炎症所致的咳嗽、哮喘，消化系统的肠炎、腹泻均有良好的效果。

神门穴还可用于原发性高血压病和各种过敏性疾病，如皮肤瘙痒症、荨麻疹、湿疹、药疹、皮癣、神经性皮炎。

在诊断方面，神门穴出现阳性，多提示机体患有神经衰弱或疼痛性疾病；而且，临床上常将本穴的电阻值作为耳廓基础电阻值的标准。

【禁忌证】因本穴是通过抑制肠道平滑肌的蠕动而止泻，故肝炎、胃下垂、胆石症等伴有腹胀者，忌用本穴。

第二节　盆腔

【曾用名】盆腔炎点、腰痛点。

【定位】在三角窝内，对耳轮上、下脚分叉处稍下方。

【功能】调经止带，清热利湿，消炎止痛。

【主治】腰痛、盆腔炎、附件炎、痛经、闭经、白带异常、月经不调、阴道炎、尿道炎、不孕不育、前列腺炎、前列腺肥大、前列腺增生、下腹部疼痛、腹胀、睾丸炎、精索静脉曲张等。

【附记】本穴是诊断附件炎的主穴。若已婚妇女盆腔穴充血红润或有条片状隆起，触之有条索，电测阳性反应，即提示附件炎（一侧耳穴阳性为单侧附件炎，两侧耳穴阳性为双侧附件炎）。

本穴性质属平，可清利行气，有清热祛湿，理气调经之功，同时也有活血化瘀，调经止痛，消炎等作用。

第三节　角窝中

【曾用名】喘点、肝炎点。

【定位】三角窝中 1/3 处。

【功能】清热平喘，润肠通便。

【主治】喘息、哮喘、肝炎、胆囊炎、便秘等。

【附记】本穴有调节呼吸中枢及抗过敏、止痒的作用。常用于治疗呛咳、哮喘、呼吸困难、气急、胸闷、过敏性瘙痒症。

第四节　内生殖器

【曾用名】子宫、精宫、天癸。

【定位】三角窝前 1/3 的下部。

【功能】补肾益精，调经止带，消炎止痛，通调气血。

【主治】月经不调、痛经、闭经、崩漏、功能失调性子宫出血、不孕不育症、白带过多、阴道炎、盆腔炎、产后宫缩痛、阳痿、遗精、滑泄、不射精、性功能障碍、前列腺炎或增生、宫颈炎、附件炎、子宫内膜炎、子宫内膜异位症、子宫脱垂、睾丸炎、副睾炎、输精管炎、早泄、前列腺肥大、精索静脉曲张症、发育不良等。

【附记】本穴是治疗生殖系统疾病和妇科疾病的重要穴位。

临床上用本穴对子宫有刺激作用，可用于难产、胎盘滞留。

【禁忌证】孕妇禁用本穴。

第五节　角窝上

【曾用名】降压点、角上。

【定位】三角窝内上方。

【功能】平肝息风。

【主治】高血压、不孕症、头痛、头晕等。

【附记】在此处放血比耳背降压沟放血容易操作，出血量多，降压效果好。

此穴为诊断和治疗高血压的特定点。

本穴可治疗因高血压引起的头痛、头晕。

第七章

耳屏部分

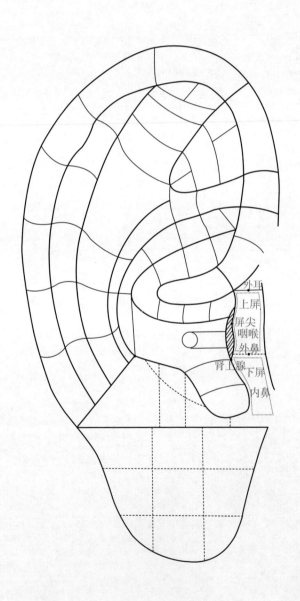

外耳
上屏
屏尖
咽喉
外鼻
肾上腺 下屏
内鼻

第一节　外耳

【曾用名】耳。

【定位】屏上切迹近耳轮缘凹陷处。

【功能】滋肾疏肝，宣窍益聪。

【主治】耳聋、耳鸣、听力减退、中耳炎、外耳道炎、耳廓冻疮、耳廓部皮肤病、耳廓神经痛、偏头痛、三叉神经痛、梅尼埃综合征（头痛、头晕）、颈项部疼痛等。

【附记】本穴对各种耳部疾病有一定疗效。

中医学认为，耳鸣、耳聋二症关系甚为密切，因耳鸣为耳聋之渐，耳聋为耳鸣之甚，两者不可绝对划分。

中医认为：肾开窍于耳，耳是"肾"的外部表现，"耳坚者肾坚，耳薄不坚者肾脆"，肾能助听聪耳，耳能滋肾，故外耳穴能补肾聪耳。

本穴治疗以上疾病有立竿见影之功，属常用穴。

第二节　外鼻

【曾用名】鼻眼净、饥点。

【定位】耳屏正中。

【功能】宣利鼻窍，消炎止痛。

【主治】鼻疖、鼻前庭炎、过敏性鼻炎、鼻塞、酒糟鼻等。

【附记】本穴也可调理单纯性肥胖症，有抑制饮食的作用。

第三节　屏尖

【曾用名】珠顶、渴点。

【定位】耳屏上部隆起的尖端。

【功能】退热镇静，消炎止痛。

【主治】牙痛、腮腺炎、咽炎、扁桃体炎、急性结膜炎（红眼病）等。

【附记】此穴退热效果较为明显，为临床退热之要穴。对于各种原因引起的高热、低热，此穴配合耳尖穴、肾上腺穴点刺放血，效果理想，少有"反跳"现象。

第四节　上屏

【曾用名】渴点。
【定位】在耳屏外侧面上 1/2 处。
【功能】清热生津。
【主治】消渴（糖尿病）、胰腺炎、斜视等。

第五节　下屏

【曾用名】饥点。
【定位】在耳屏外侧面下 1/2 处。
【功能】清热和胃。
【主治】消渴（糖尿病）、善饥等。

第六节　肾上腺

【定位】耳屏下部隆起的尖端。
【功能】抗过敏，抗风湿，抗感染，退高热，升血压，止出血，清热解毒，培精养血，升清止血，调经止痛，益心宣肺，发表通腑，祛湿止痒，消痰散结。
【主治】肺炎、气管炎、咽喉炎、急性结膜炎、睑腺炎、上呼吸道感染、哮喘、鼻衄（鼻出血）、不明高热、低热、甲状腺功能亢进、冠心病、低血压、无脉症、脉管炎、毛细血管性出血、腹痛、腹鸣、腹胀、食物中毒、急性肾炎、慢性肾炎、膀胱炎、睾丸炎、前列腺炎、月经不调、功能失调性子宫出血、乳腺炎、外科炎症和疼痛、骨折疼痛、各种类型的关节扭伤痛、皮肤病、带状疱疹、水痘、疟疾、肿瘤等。
【附记】此穴是临床调节肾上腺和肾上腺皮质激素的经验穴，可以增强机体的应激能力，有显著的"三抗一退"作用，即抗过敏、抗风湿、抗感染、退高热，并能兴奋和调节中枢神经。
　　用于治疗肾上腺功能紊乱，尤其是细菌性炎症、病毒性感染、中毒性症状，收效显著。
　　此穴可调节激素分泌、升血压、加强心跳、改善冠脉流量；还可用于抢救、抗休克、抗中毒、抗炎。

　　肾上腺穴能够抗过敏反应，治疗过敏性鼻炎、过敏性哮喘、过敏性休克，以及风湿病、胶原组织病、结节性红斑、皮肌炎、硬皮病。

　　本穴可以调节血管的舒缩，有"一升一止"的作用，可以提升血压；尤为抗休克的首选穴；也能够止血而治疗各种出血症，如毛细血管破裂引起的出血、渗血，常见的鼻衄、皮下出血、结膜下出血，以及月经过多、功能失调性子宫出血、便血。

第七节　咽喉

【定位】耳屏内侧面上 1/2 处。

【功能】清咽利喉，清热散风，宣肺祛痰。

【主治】急慢性咽喉炎、扁桃体炎、声音嘶哑、失音、梅核气、腭垂水肿等。

【附记】对支气管炎、咳嗽也有一定疗效。

第八节　内鼻

【定位】耳屏内侧面下 1/2 处。

【功能】疏利鼻窍。

【主治】鼻炎、鼻前庭溃疡、过敏性鼻炎、副鼻窦炎、上颌窦炎、衄血、感冒鼻塞等。

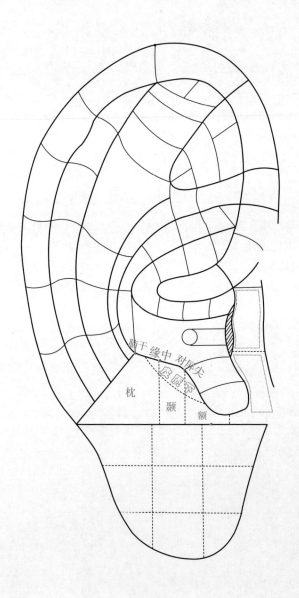

第一节　对屏尖

【曾用名】平喘、腮腺、下丘脑。

【定位】对耳屏的尖端。

【功能】宣肺止咳，祛风止痒，清热解毒。

【主治】遗尿、尿崩、瘙痒症、妇科病、内耳眩晕症等。

【附记】本穴能够调节呼吸中枢，可治疗咳嗽、哮喘、气急、呼吸困难、胸闷等症。

临床还常用本穴抗过敏、祛风止痒，如皮肤瘙痒症、荨麻疹、过敏性皮炎等。

对屏尖不但是治疗腮腺炎的特效穴，还对急性结膜炎、咽喉炎、扁桃体炎、睾丸炎、附睾炎也有较好的疗效。

第二节　缘中

【曾用名】脑点、脑干、遗尿点。

【定位】对屏尖与轮屏切迹之间。

【功能】镇静止痛，益脑安神，通络息风，止血，脱敏。

【主治】神经衰弱、失眠、脑震荡后遗症、脑膜炎后遗症、遗尿、内耳眩晕症、精神发育迟缓、脑出血后遗症、月经不调、功能失调性子宫出血、尿崩症、侏儒症、肢端肥大症、脉管炎、内脏出血、休克、呼吸衰竭、咳嗽等。

【附记】此穴是调节垂体功能的经验穴。垂体是一个非常重要的内分泌腺体，可以分泌生长激素、促甲状腺激素、促肾上腺皮质激素、促性腺激素、催乳素、抗利尿激素、催产素等多种激素，对人体生长发育、生殖功能、能量代谢、水液排泄方面起着重要作用。

缘中穴在临床中的应用：

一是可以治疗大脑中枢病症，如脑炎及脑震荡后遗症、小儿夜啼以及内耳眩晕症等。

二是可以治疗生长发育异常的病症，如侏儒症、肢端肥大症、大脑发育不全、第二性征发育迟缓、子宫发育不良等。

三是可以治疗生殖系统的病症，如月经不调、月经量过少、闭经、痛经、崩漏、不孕症、阳痿、遗精、精子活力低下、难产、胎盘滞留、乳汁分泌不足等。

四是可以用于身体的增高，加脑干穴效果更佳。

五是可以治疗内分泌系统的病症，如糖尿病、尿崩症、甲状腺功能亢进或减退，肾上腺功能亢进或减退等。

第三节　脑干

【定位】轮屏切迹处。

【功能】镇静息风，养血益阴，镇惊止痉，宁心安神，疏郁止痛，行气通络，抗休克，抗过敏，镇痛，止血。

【主治】癫痫、中风、眩晕、后头痛、假性近视、颈项强直、脑震荡后遗症、脑膜炎后遗症、神经症、感冒、失眠、干咳、咳嗽、气管炎、支气管炎、发热、小儿高热、偏瘫、神经性呕吐、面肌痉挛、遗尿、大脑发育不全、精神发育迟缓、脑萎缩、癔症、精神分裂症、多动症、小脑性共济运动失调、头痛、功能失调性子宫出血、脊椎炎、过敏性皮炎、脑血管病变、脑膜刺激征等。

【附记】本穴对脑膜刺激征，如角弓反张、抽搐也有一定疗效。

本穴是延髓、脑干的代表区。

第四节　枕

【曾用名】晕点、肾炎点。

【定位】对耳屏外侧面的后上方。

【功能】止痛止晕，镇静安神，平肝息风。

【主治】精神分裂症、癫痫、抽搐、肾炎、耳鸣、腰两侧痛、腹胀、角弓反张、牙关紧闭、颈项强直、神经衰弱、感冒、头痛、水痘、气管炎、哮喘、精少、遗精、阳痿、恶心、呕吐、癔症、失眠、多梦、膀胱炎、术后炎症、排尿困难、癃闭、皮肤病、晕车、晕船、腰部麻醉后疼痛、外科术后疼痛、老视、肾亏等。

【附记】对于各种头枕部疼痛，如头痛、颈项强痛、颈椎病、落枕效果较好。

枕穴为止晕要穴，用于内耳眩晕症、脑动脉硬化供血不足所致头晕、自主神经功能紊乱和高血压所致的头晕、链霉素中毒以及晕车、晕船等晕动病收效最佳。

枕穴区阳性反应隆起，多提示为后头痛；枕穴区阳性反应并见凹陷或低平红润，多提示为头晕。

本穴是肾炎点，故能治疗肾气化功能失常，排尿困难、癃闭；肾封藏不固则尿频、遗尿、尿失禁，久泄滑脱，此穴有提升肾封藏固摄之功效；肾精不足则生长发育迟缓，五迟五软，此穴有补肾助生长之功效；肾功能失常则男子精少、遗精、阳痿等，女子月事不调、不孕等，此穴有补肾助阳、贮存精气、调经助孕之功效。

第五节　颞

【曾用名】太阳。

【定位】对耳屏外侧面的中部。

【功能】明目助听，镇静止痛，疏风通络，利窍升清。

【主治】偏头痛、老视、头痛、三叉神经痛、颞下颌关节紊乱综合征、颜面痉挛、神经衰弱、头晕、失眠、多梦、高血压、耳鸣、耳聋、听力减退、屈光不正等。

【附记】本穴还可以治疗嗜睡症及由于嗜睡而致的遗尿症。

颞穴相当于听觉中枢之所在，对耳聋、耳鸣的患者取颞穴可增强听觉中枢神经功能的调节，提高听觉中枢对声音的感觉和分析能力。

单侧颞穴阳性反应并可见片状隆起，多为偏头痛；若双侧颞穴阳性反应，则为全头痛。

第六节　额

【定位】对耳屏外侧的前下方。

【功能】镇静安神，活络止痛，疏风解表。

【主治】头晕、头痛、失眠、多梦、前额痛、眉棱骨痛、鼻炎、额窦炎、感冒、牙痛、面神经麻痹、腰部麻醉后头痛、神经衰弱等。

【附记】本穴对近视也有一定疗效。

额穴也多用于治疗头晕、失眠、多梦、记忆力减退、精力不集中、神经衰弱症。对睡眠失常的双向调节和健脑作用明显，为健脑要穴。

额穴阳性反应并伴有圆形或条索状隆起，多提示前头痛。若额穴、枕穴同时出现阳性反应，并有不规则隆起，则提示全头痛、头晕头胀。

第七节　皮质下

【曾用名】卵巢、睾丸、兴奋点。

【定位】对耳屏内侧面。

【功能】镇静止痛，抗炎退热，调理内脏。

【主治】脑震荡后遗症、脑血管意外后遗症、神经衰弱、脑膜炎、脑膜炎后遗症、头晕、晕车、晕船、梅尼埃综合征、腋下痛、耳鸣、突发性耳聋、失眠、记忆力下降、健忘、多梦、癔症、癔症性瘫痪、癔症性失语、抑郁、焦虑、昏迷、嗜睡、中暑、酒醉、高血压、低血压、心悸、心律不齐、风湿性心脏病、脉管炎、大动脉炎、血栓闭塞性脉管炎、静脉炎、雷诺病、冠心病、红斑性肢痛症、无脉症、牙痛、偏头痛、头痛、甲状腺功能亢进、疟疾、感冒、哮喘、肺结核、大叶性肺炎、胸膜炎、胸膜粘连、膈肌痉挛、假性近视、神经症、精神分裂症、休克、中毒性休克、昏厥症、颜面痉挛、面神经麻痹、癫痫、小儿麻痹后遗症、脊椎肥大症、类风湿关节炎、关节摩擦响、髌骨软化症、骨折、扭伤、挫伤、习惯性关节脱臼、月经不调、痛经、痛风、肾结石、糖尿病、尿潴留、尿急、尿频、遗尿、遗精、输尿管结石、睾丸炎、腮腺炎、内脏下垂、子宫脱垂、产后宫缩痛、重症肌无力、胃炎、胃溃疡、十二指肠溃疡、消化不良、腹泻、胆囊炎、胆石症、麻痹性肠梗阻、腹胀、胃下垂、恶心呕吐、呃逆、便秘、不完全疝、脱肛、痔疮等。

【附记】皮质下穴主要用于神经系统、消化系统、心血管系统的病证，故可以将其划为三个系统的代表区，即对耳屏内侧面下 1/2 下缘中点为"神经系统皮质下区"；对耳屏内侧面下 1/2 的中点处为"消化系统皮质下区"；对耳屏内侧面下 1/2 的前面，与神经系统皮质下区、消化系统皮质下区呈等边三角形处为"心血管系统皮质下区"；三区的划分可供临床选择刺激点时参考。

皮质下穴为大脑皮质的相应投影区，能调节大脑皮质和皮质下自主神经中枢的兴奋和抑制过程，具有镇静、镇痛、抗炎、调整内脏功能，调节寒热和汗液分泌等功能，因而治病范围较为广泛。对自主神经功能紊乱、精神发育迟缓、大脑发育不全等脑部疾病有较好的治疗作用。

第九章

耳轮脚周围部分

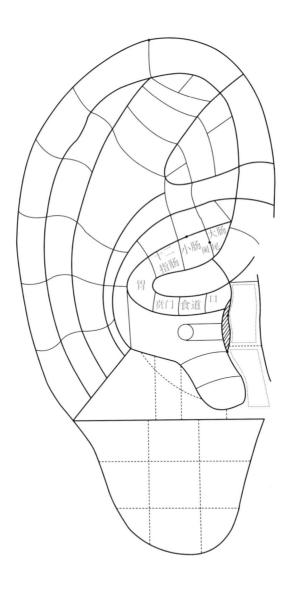

第一节　口

【定位】耳轮脚下方前 1/3 处（即外耳道口后上方）。

【功能】清心泻火，祛风除邪，镇静止痛。

【主治】面瘫、口腔溃疡、鹅口疮、颞颌关节僵硬、胆囊炎、胆石症、戒断综合征、牙周炎、牙痛、牙关紧闭、舌炎、结膜炎等。

【附记】此穴可有效治疗面瘫，还能够调和口味；并可用于戒断综合征、胆囊炎、胆石症。

对于睡眠质量欠佳，劳累过度引起的腰酸、腿痛、乏力，效果明显。

此处若呈大片水肿，触之凹陷者提示为牙龈出血；有点状凹陷者为缺齿。

脾开窍于口，其华在唇。"唇为脾余"（《普济方》），"口唇者，脾之官也"（《灵枢·五阅五使》），"口为脾窍，内外唇肉脾所主也"（《医学传真》）。口唇的肌肉由脾所主，脾胃的功能可以从口反映出来，可反映脾的运化功能与人体的食欲、口味的关系。脾气健旺则知饥欲食。《灵枢·脉度篇》提到："脾气通于口，脾和则能知五谷矣"。脾病则厌食，脾虚则口淡无味，脾热往往口有甜味。

第二节　食道

【定位】耳轮脚下方中 1/3 处（即耳轮脚卜方中）。

【功能】疏利食道，降逆和胃，利气畅膈。

【主治】食管炎、食管痉挛性狭窄、食管癌、呼吸不畅、胸闷、食欲减退、呕吐、癔症、吞咽困难、恶心、梅核气、喉梗阻、噎膈等。

第三节　贲门

【曾用名】耳中。

【定位】耳轮脚下方后 1/3 处（即耳轮脚下方外）。

【功能】宣通气机，利膈降逆，和胃止呕，增进食欲。

【主治】贲门痉挛、神经性呕吐、厌食、胃纳不佳、胸闷不适、溃疡病、反酸、烧心、恶心等。

【附记】此处阳性反应多见恶心、呕吐。若兼见触痛，提示为贲门失弛缓症。

本穴电测阳性，色红润、肿胀、触之压痕，多表示胃部不适、反酸、烧心。

并可诊断食管裂孔疝。贲门穴电测呈阳性或强阳性反应，触及肿物或疼痛敏感，可考虑贲门处恶性肿瘤。

第四节 胃

【曾用名】幽门、下垂点、奇穴。

【定位】耳轮脚消失处周围。

【功能】健脾和胃，泄火止痛，行气消食，清热解毒，养血安神。

【主治】胃炎、胃痉挛、胃下垂、肠结核、心悸、咽痛、胃酸过多、胃酸过少、胃胀、恶心呕吐、胃肠功能紊乱、消化不良、胃溃疡、十二指肠溃疡、胃神经症、急性胃肠炎、胃扩张、失眠、多梦、贫血、食物中毒、肝功能受损等。

【附记】胃主受纳和消化食物，与脾相表里，胃穴是用于治疗消化系统疾病的主穴之一。

胃脉入齿，循发际，至额颅，故对前额痛、神经衰弱、癫痫、癔症、精神分裂症和牙痛也有较好的疗效。

本穴尚能治疗胃经循行病症，如膝盖疼痛。

第五节 十二指肠

【定位】耳轮脚上方的外 1/3 处。

【功能】温中和胃，解痉止痛。

【主治】十二指肠溃疡、幽门痉挛、胆囊炎、胆石症、胃痛、腹痛、腹胀、腹泻等。

第六节 小肠

【定位】耳轮脚上方的中 1/3 处。

【功能】分清别浊，消积化食，补脾和中，养心生血。

【主治】消化不良、胃痛、腹痛、腹泻、赤痢、便秘、胃肠功能紊乱、腹胀、肠鸣、急性胃炎、慢性胃炎、急性肠炎、十二指肠溃疡、过敏性结肠炎、细菌性痢疾、肠结核、肠绞痛、心悸、阵发性心动过速、高脂血症、乳少、咽痛、颈肿等。

【附记】此穴是治疗消化系统疾病的主穴之一。

本穴也可治疗与其相表里的心脏疾病，如心动过速、心律不齐、冠心病等。

对心火下移小肠所致的尿痛、血尿、乳糜尿也有较好的疗效，并可用于口腔和舌黏膜溃疡、目眩、目黄、目红肿、耳聋。

小肠穴区呈阳性反应，多提示肠道消化吸收功能差；小肠穴区呈片状隆起，触之略有水肿，提示肠功能紊乱。

第七节　阑尾

【定位】大、小肠两穴之间。

【功能】清利下焦，消炎止痛。

【主治】单纯性阑尾炎、腹泻等。

【附记】此穴能够协助诊断阑尾炎。急性阑尾炎时穴区色红，触之则痛，电测呈阳性；慢性阑尾炎时穴区色白，触之条索状，电测呈阳性；若阑尾穴近耳轮脚处触及条索，视诊阑尾穴区似瘢痕样改变，多提示阑尾切除术后。

第八节　大肠

【定位】耳轮脚上方的内 1/3 处。

【功能】通便止泻，清肺止咳。

【主治】腹泻、腹胀、便秘、脱肛、痔疮、痢疾、肠炎、大便失禁、消化不良、美容祛斑等。

【附记】此穴是治疗消化系统疾病的常用穴。

因大肠与肺相表里，其经脉络肺，故本穴可治疗肺系病变，如咳嗽、气喘等。

本穴对手阳明大肠经循行部位所出现的面瘫、面肌痉挛、齿痛、腮肿也有一定的治疗作用。

此穴是临床诊断大肠腑病的重要参考穴。

本穴与肝穴相别通，故能祛斑。"肝主疏泄"，疏指"疏通"，泄指"发泄"，此穴可使全身之气保持流行通畅；疏泄不畅则气结，气结则血凝，从而在脸部形成瘀斑。

第十章

耳甲艇部分

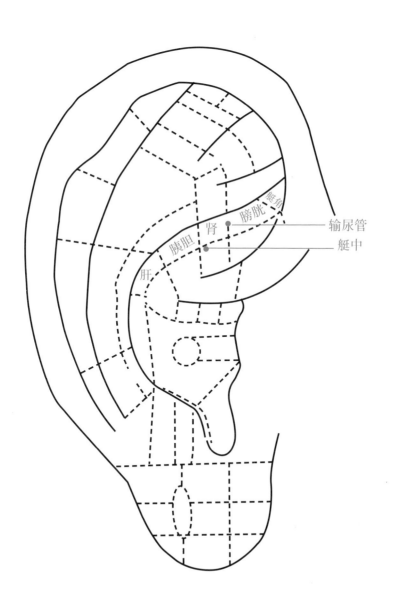

艇角
膀胱
肾
胰胆
输尿管
艇中
肝

第一节　肝

【定位】耳甲艇的后下方。

【功能】疏肝理气，祛风明目，舒筋活络。

【主治】胁痛、胸胁闷痛、抑郁症、神经衰弱、精神分裂症、急慢性肝炎、胆囊炎、胆石症、胆绞痛、胆道蛔虫症、急性结膜炎、疱疹性结膜炎、头痛、头顶痛、眩晕、经前综合征、月经不调、崩漏、更年期综合征、睾丸炎、精索静脉曲张症、疝气、外阴瘙痒、湿疹、高血压、高血压危象、高脂血症、血液病、缺铁性贫血、皮下出血、无脉症、脉管炎、偏瘫、面肌痉挛、脑血管意外后遗症、癫痫、转筋、四肢麻木、痉挛、胃痛、胃肠充气症、腹痛、腹泻、便秘、电光性眼炎、复视、近视、青光眼、睑板腺囊肿、睑腺炎、视物模糊、角膜溃疡、老年性白内障、视神经萎缩、夜盲症、斜视、耳鸣、中耳炎、扭挫伤、遗尿、疟疾、肥胖症等。

【附记】此穴多应用于与"肝"相关的组织器官病、各种肌腱及筋肉症，以及与精神、内分泌有关的疾病。

肝穴区若呈现阳性反应，对肝病及肝大有诊断意义。

第二节　胰胆

【定位】肝、肾两穴之间。

【功能】疏利肝胆，理气止痛，健中和胃，消食止呕。

【主治】消化不良、胃下垂、急性胃炎、慢性胃炎、萎缩性胃炎、神经性呕吐、胆囊炎、胆石症、胆道蛔虫症、胸胁痛、带状疱疹、糖尿病、胰腺炎、高脂血症、耳聋、耳鸣、中耳炎、偏头痛等。

【附记】此穴对经脉循行经过部位的组织器官病症，如偏头痛、头项强痛、耳聋耳鸣、肩背痛、胁肋区胀满或疼痛、带状疱疹有较好的疗效。

本穴可使胃酸分泌增加，胃酸分泌多者禁用；还有抗脂肪分解的作用，能增强脂肪细胞摄取血中脂肪酸和抑制体内脂肪分解，减少血中的游离脂肪酸。

第三节　肾

【定位】对耳轮上、下脚分叉处下方。

【功能】补肾壮阳，强筋壮骨，明目聪耳，通利水道，强肌肉，渗水湿，纳肾气。

【主治】腰痛、耳鸣、神经衰弱、肾盂肾炎、哮喘、月经不调、遗精、早泄、遗尿、阳痿、白带过多、尿道炎、前列腺炎、肾炎、浮肿、肾功能减退等。

【附记】本穴也可用于腰椎骨质增生、脊柱退行性病变等各种骨骼病、腰腿病以及耳聋耳鸣、牙齿松动、斑秃。

肾有邪其气留于腘，故能治疗腘窝囊肿；尤其对各种慢性疾病、各组织器官病证、神经衰弱以及功能低下所导致的病证。从调肾固本角度治疗时，均考虑配用本穴。

肾穴对诊断各种肾脏疾病有重要价值。

本穴性阳，故有补肾、壮阳、渗湿、育精、补肾聪耳、强骨填髓的作用，可用于治疗各种慢性虚弱性疾病，能对各种原因引起的脱发、牙齿松动、骨折疼痛、耳鸣、耳聋、听力减退、白血病、浮肿、再生障碍性贫血、电解质平衡失调、慢性咽炎、五更泻等有治疗作用。

第四节　输尿管

【定位】肾与膀胱两穴之间。

【功能】清利下焦，理气止痛。

【主治】输尿管结石、输尿管绞痛、尿潴留、尿频、尿急、尿痛、尿失禁、肾结石、肾绞痛、尿路感染、前列腺炎、胆囊炎、胆石症、胆道蛔虫症、偏头痛等。

【附记】此穴用于诊断和治疗输尿管结石所致的绞痛。止痛效果立竿见影。

第五节　膀胱

【定位】肾与艇角两穴之间。

【功能】清利下焦，疏通经络，行气固脬，疏经解表。

【主治】尿路感染、尿潴留、遗尿、血尿、尿路结石、前列腺炎、腰痛、坐骨神经痛、后头痛、膀胱炎、肾炎、肾盂肾炎、肾病、尿频、尿急、尿痛、尿失禁、乳糜尿、尿崩症、尿道炎、输尿管结石、不明原因浮肿、腰脊痛、项背酸痛、神经衰弱、失眠、感冒等。

【附记】本穴可有效治疗膀胱腑病。

此穴可治经脉循行部位的组织器官病症，如后头痛、颈项强痛、眉棱骨痛、腰痛、坐骨神经痛；并可用于治疗神经衰弱、癫痫、精神分裂症。

若膀胱穴刺痛明显，尿道穴呈阳性反应，多提示急性尿路感染。

第六节　艇角

【曾用名】前列腺。

【定位】耳甲艇前上角。

【功能】清利下焦，利水通淋，行气化瘀，平喘解痉，和胃制酸，涩精止遗。

【主治】前列腺炎、前列腺增生、尿道炎、尿路感染、性功能障碍、遗尿、血尿、遗精、早泄、男性性功能减退、冠心病、心内膜炎、高脂血症、血栓症、鼻衄、产力不足、分娩困难、胃溃疡、十二指肠球部溃疡、哮喘等。

【附记】男性患者此穴电测呈阳性反应者，提示前列腺炎；若女性患者电测艇角、尿道穴均为阳性反应者，提示尿路感染。

本穴性平，有偏阴之性，故有清热利水，镇痛解痉，利前阴，补肾益精，止血涩精，和胃平喘，清利下焦之作用。

第七节　艇中

【曾用名】脐周、脐中、腹水点、醉点、前腹膜、后腹膜。

【定位】耳甲艇中央。

【功能】理中和脾，清热止痛，利水通淋。

【主治】腹痛、腹胀、腹水、肝硬化、胆道蛔虫症、腮腺炎、听力减退、酒精中毒、低热、浮肿等。

【附记】本穴对肾病综合征引起的腹水及腹胀气有很好的治疗效果。

第十一章

耳甲腔部分

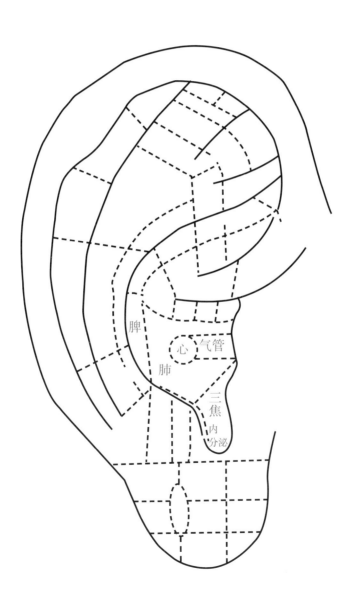

第一节　心

【定位】耳甲腔中心凹陷处。

【功能】宁心安神，调和营血，清泄心火，止痛止痒。

【主治】心悸、期前收缩、阵发性心动过速、无脉症、休克、脉管炎、贫血、血小板减少、血压异常、冠心病、胸闷、胸痛、心肌炎、气短、面色晦暗、舌炎、咽喉炎、神经衰弱、胃神经症、癫痫、癔症、精神分裂症、脑震荡后遗症、脑膜炎后遗症、红细胞增多症、高热、糖尿病等。

【附记】本穴可有效治疗中风不语、赤痢、遗精、阳痿。

本穴通过调节人体汗腺的分泌，从而治疗自汗、盗汗、多汗、无汗。

本穴能够调节心血管系统及神经系统的功能，可治疗心律不齐、心绞痛、心肌炎、心动过速或过缓、高血压、血管性头痛的病症。

此穴还可治疗失眠、多梦、神经症等神志病症。

心穴区及神门穴区阳性反应，多为神经衰弱。若心穴区呈圆形红晕、水纹状波形，则多为心悸、多梦。

第二节　肺

【曾用名】肺点、结核点、肺气肿点。

【定位】耳甲腔中心凹陷处周围。

【功能】宣肺利气，止咳平喘，祛风止痒，通利小便，补虚清热，助气行血。

【主治】咳喘、痰鸣、声音嘶哑、感冒、鼻炎、咽炎、百日咳、肺炎、肺结核、气管炎、胸闷、胸痛、心力衰竭、心律不齐、低血压、自汗、盗汗、水痘、便秘、泄泻、毛囊炎、荨麻疹、寻常疣、扁平疣、神经性皮炎、过敏性皮炎、银屑病、痤疮、口疮、皮肤湿疹、带状疱疹、过敏性结肠炎、细菌性痢疾、疱疹性结膜炎、戒断综合征、单纯性肥胖症、脱发等。

【附记】对于荨麻疹、药疹、湿疹、痤疮、瘙痒等皮肤疾病，本穴也常作为主穴选用。

该穴还有调理二便的作用，治疗水肿、小便不利、大便秘结等。

本穴对呼吸系统疾病有重要的诊断价值。

第三节 气管

【定位】外耳道口与心穴之间。

【功能】宣肺解表，下气平喘，益气化痰，泻火利咽。

【主治】咳嗽、多痰、哮喘、感冒、上呼吸道感染、咽喉炎、气管炎、支气管哮喘、急慢性支气管炎等。

【附记】此穴区阳性反应多见于支气管炎和哮喘病。

第四节 脾

【定位】耳甲腔外上方，在耳轮脚消失处与轮屏切迹连线的中点。

【功能】健脾和胃，益气生血，濡养肌肉。

【主治】痔疮、湿疹、贫血、脉管炎、无脉症、牙龈出血、皮下出血、便血、浮肿、咳嗽、喘息、痰鸣、气管炎、肺结核、急慢性传染性肝炎、疟疾、胃脘疼痛、厌食、腹胀、腹泻、便秘、消化不良、口腔炎、口疮、胃炎、胃溃疡、胃下垂、胃窦炎、胃神经症、便秘、头晕、功能失调性子宫出血、崩漏、白带过多、内耳眩晕症、营养不良、肌萎缩、重症肌无力、脱肛、内脏下垂、子宫脱垂、急慢性肾炎、脂溢性皮炎、睑腺炎、睑板腺囊肿、低热等。

【附记】与"血"有关的病证，如崩漏、月经不调、贫血、牙龈出血、便血及久病气血虚弱之证，均可应用此穴。

脾穴区阳性反应多为脾虚，兼有隆起或反应点上移并触及条索，多提示脾大。

第五节 内分泌

【曾用名】屏间。

【定位】耳甲腔底部屏间切迹内。

【功能】抗过敏，抗风湿，抗感染，消炎，利尿，通经。

【主治】月经不调、痛经、闭经、更年期综合征、宫颈炎、附件炎、性功能低下、肾炎、膀胱炎、浮肿、生殖功能亢进、生殖功能减退、糖尿病、肥胖症、痤疮、乳汁不足、消化不良、萎缩性胃炎、萎缩性胆囊炎、咽干等。

【附记】此穴是调节内分泌系统的经验穴，对甲状腺、肾上腺、垂体、性腺有良好的调节作用。

本穴对胃酸、胆汁、乳汁、唾液分泌不足有较好的促进作用；还可用于治疗变态反应性疾病，如风湿热、风湿性关节炎、风湿性心脏病、过敏性鼻炎、过敏性肠炎、荨麻疹。

本穴还可治疗疟疾、再生障碍性贫血等血液病。

本穴对泌尿生殖系统疾病，如肾炎、月经失调、性功能低下，以及肿瘤有诊断参考价值。

第六节　三焦

【定位】耳甲腔底部屏间切迹上方。

【功能】化气输精，滋水止渴，理气止痛，补心养肾，健脾益胃，利水通淋，通利关节，疏通三焦经脉。

【主治】消渴、咽干、癃闭、遗尿、浮肿等。

【附记】本穴综合五脏六腑的作用，可用于治疗循环系统疾病、生殖系统疾病、心胸疾病。

本穴可有效治疗水液代谢失常的疾病，以及腹胀、便秘等气机失常的病症。

对于三焦经脉循行经过部位的组织器官病证，如偏头痛、耳聋耳鸣、上肢外侧疼痛有较好的治疗作用。

由于此穴有舌咽神经、面神经、迷走神经混合支通过，因此可以治疗面瘫、面肌抽搐、牙痛及口腔疾病。

三焦被称作"气穴"，可给身体增加能量，治疗疲劳综合征、脑神经病变。

三焦是脑神经的混合体，按摩三焦可以美容。

本穴可治疗面神经麻痹，调整脏腑功能；并有理气，通调水道的功能。

本穴穴性属阳，故能下气消食、补肾利水。

本穴还用于治疗肝炎、气管炎、腹膜炎者；且有增加血小板、减轻腹膜刺激征的作用。

本穴还可治疗血小板减少、转氨酶增高、高脂血症、血管痉挛、偏头痛、肋间神经痛、外踝前侧痛、腹胀、肠鸣、腹痛、消化不良、泄泻、急性阑尾炎、慢性阑尾炎、急性肾炎、慢性肾炎、膀胱炎、乳糜尿、手腕外侧痛。

本穴与脾穴，穴性皆属阳性，都有通络除湿之功，但治疗各有偏重。本穴偏于消食通便，利水化浊，重在治标；而脾穴偏于健脾益气，和胃助正，重在治本。

三焦穴有阳性反应，多提示腹胀、浮肿。

第十二章

耳垂部分

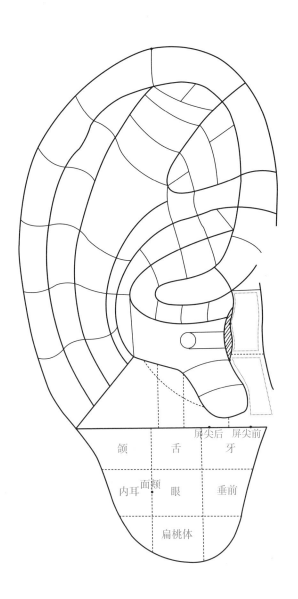

屏尖后　屏尖前

颌　　舌　　牙

内耳　面颊　眼　　垂前

扁桃体

第一节　屏尖前

【曾用名】目 1、青光。

【定位】屏间切迹前下方。

【功能】清肝明目。

【主治】急慢性青光眼、假性近视、视神经萎缩等。

第二节　屏尖后

【曾用名】目 2、散光。

【定位】屏间切迹后下方。

【功能】清肝明目。

【主治】屈光不正、外眼炎症、假性近视、睑腺炎等。

第三节　牙

【曾用名】拔牙麻醉点、牙痛点、升压点。

【定位】耳垂正面，从屏间切迹软骨下缘至耳垂下缘划三条等距水平线，在第二水平线上引两条垂直等分线，由前向后、由上向下把耳垂分成九个区：一区为牙，二区为舌，三区为颌，四区为垂前，五区为眼，六区为内耳，五、六区交界线周围为面颊，八区为扁桃体，七、九区为空白区。

【功能】清热泻火，消炎止痛。

【主治】牙痛、牙周炎、舌炎、口腔炎、低血压等。

第四节　舌

【曾用名】上颚、下颚。

【定位】耳垂正面，从屏间切迹软骨下缘至耳垂下缘划三条等距水平线，在第二水平线上引两条垂直等分线，由前向后、由上向下把耳垂分成九个区：一区为牙，二区为舌，三区为颌，四区为垂前，五区为眼，六区为内耳，五、六区交界线周围为面颊，八区为扁桃体，七、九区为空白区。

【功能】清泻心火，凉血消痈，养心滋阴，镇静安神。

【主治】舌炎、舌裂、舌体肿痛、舌部溃疡、神经性失语、舌强、言语不清、口腔炎、口腔溃疡等。

【附记】本穴常用来诊断舌部疾病，若视诊舌穴有点片状红润或隆起，多见于舌部溃疡或炎症。

第五节　颌

【曾用名】上颌、下颌。

【定位】耳垂正面，从屏间切迹软骨下缘至耳垂下缘划三条等距水平线，在第二水平线上引两条垂直等分线，由前向后、由上向下把耳垂分成九个区：一区为牙，二区为舌，三区为颌，四区为垂前，五区为眼，六区为内耳，五、六区交界线周围为面颊，八区为扁桃体，七、九区为空白区。

【功能】行气止痛，活血通络，清热解毒。

【主治】牙痛、牙周炎、颞颌关节功能紊乱、颌下淋巴炎、三叉神经痛等。

【附记】本穴也是拔牙时用于耳针麻醉的要穴。

临床也将此区的正中划为"上颌"，其上方为"下颌"；在诊断上牙或下牙痛、龋齿时，可视阳性反应部位而定。

第六节　垂前

【曾用名】拔牙麻醉点、神经衰弱点。

【定位】耳垂正面，从屏间切迹软骨下缘至耳垂下缘划三条等距水平线，在第二水平线上引两条垂直等分线，由前向后、由上向下把耳垂分成九个区：一区为牙，二区为舌，三区为颌，四区为垂前，五区为眼，六区为内耳，五、六区交界线周围为面颊，八区为扁桃体，七、九区为空白区。

【功能】镇静安神，宁心健脑，交济水火。

【主治】牙痛、神经衰弱、鼻炎等。

【附记】本穴对多梦、睡眠轻浅、睡眠时间短、早醒、醒后不易入睡类型的神经衰弱症候群为主的疾病有一定的治疗作用。

此穴区电测阳性反应，触之凹陷，提示睡眠轻、易醒、醒后不能入睡，故本穴又有"早醒点"之称。

第七节　眼

【定位】耳垂正面，从屏间切迹软骨下缘至耳垂下缘划三条等距水平线，在第二水平线上引两条垂直等分线，由前向后、由上向下把耳垂分成九个区：一区为牙，二区为舌，三区为颌，四区为垂前，五区为眼，六区为内耳，五、六区交界线周围为面颊，八区为扁桃体，七、九区为空白区。

【功能】疏风清热，养血益阴，利胆明目。

【主治】假性近视、屈光不正、青光眼、急性结膜炎、角膜炎、电光性眼炎、酒醉、虹膜睫状体炎、睑腺炎等。

【附记】本穴对各种眼科疾病有一定的治疗作用。

本穴为眼目疾病的诊断参考穴。

第八节　内耳

【定位】耳垂正面，从屏间切迹软骨下缘至耳垂下缘划三条等距水平线，在第二水平线上引两条垂直等分线，由前向后、由上向下把耳垂分成九个区：一区为牙，二区为舌，三区为颌，四区为垂前，五区为眼，六区为内耳，五、六区交界线周围为面颊，八区为扁桃体，七、九区为空白区。

【功能】滋肾补肝，通窍聪耳。

【主治】耳中鸣响、听力减退、中耳炎、内耳眩晕症等。

【附记】此处电测阳性反应，并可触及点状或线状凹陷，为轻度耳鸣；若视诊内耳穴区及周围有放射状线形皱褶或可见耳鸣沟，为病程长或持续性耳鸣；电测呈强阳性反应，耳鸣沟明显者，为听力减退；若视诊可见点状凹陷、触之凹陷明显不易恢复，为鼓膜内陷；若见此处有片状隆起、肿胀，多为中耳炎。

第九节　面颊

【定位】耳垂正面，从屏间切迹软骨下缘至耳垂下缘划三条等距水平线，在第二水平线上引两条垂直等分线，由前向后、由上向下把耳垂分成九个区：一区为牙，二区为舌，三区为颌，四区为垂前，五区为眼，六区为内耳，五、六区交界线周围为面颊，八区为扁桃体，七、九区为空白区。

【功能】祛风消肿，疏通经络，消炎解毒。

【主治】周围性面神经麻痹、面肌痉挛、脸部提升、三叉神经痛、鼻炎、腮腺炎等。

【附记】本穴还可用于痤疮、扁平疣等面颊部皮肤病，也是面部美容之要穴。

第十节　扁桃体

【定位】耳垂正面，从屏间切迹软骨下缘至耳垂下缘划三条等距水平线，在第二水平线上引两条垂直等分线，由前向后、由上向下把耳垂分成九个区：一区为牙，二区为舌，三区为颌，四区为垂前，五区为眼，六区为内耳，五、六区交界线周围为面颊，八区为扁桃体，七、九区为空白区。

【功能】清利咽喉，消肿止痛。

【主治】急慢性扁桃体炎、咽喉炎等。

【附记】本穴对各种湿热证有一定的治疗作用。

急性扁桃体炎时，视诊该穴区有片状充血、红润或有肿胀，毛细血管呈网状充盈，电测强阳性反应；慢性扁桃体炎时，穴区白色隆起，可见点片状红润，电测阳性反应。

第十三章

耳廓背面部分

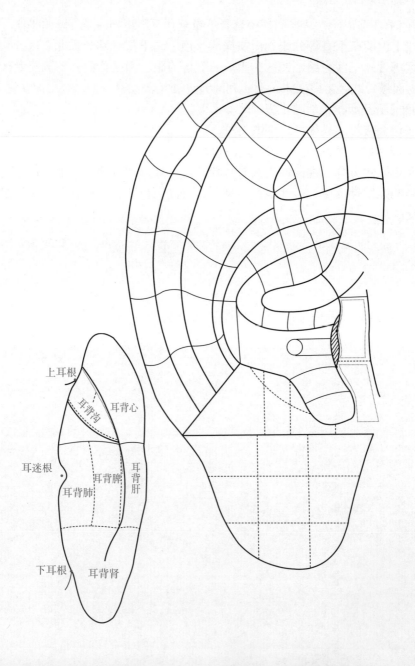

上耳根

耳背沟

耳背心

耳迷根

耳背脾

耳背肝

耳背肺

下耳根

耳背肾

第一节　上耳根

【曾用名】郁中、脊髓1。

【定位】耳根最上缘。

【功能】养血舒筋，定喘起瘫，活血止血，解痉镇痛。

【主治】鼻出血、鼻炎、哮喘、心悸、周围性面神经麻痹、脑血管意外后遗症、面肌痉挛、截瘫、半身不遂、脊髓炎、脊髓侧索硬化症、瘫痪、肌萎缩侧索硬化症等。

【附记】本穴可止各种疼痛，如头痛、三叉神经痛、腹痛。

本穴还可治疗神经系统疾病。

第二节　耳迷根

【曾用名】中耳根。

【定位】耳背与乳突交界的根部，耳轮脚对应处。

【功能】调理五脏，疏利气机，镇静止痛，疏肝利胆，健脾宁心，祛风止痒。

【主治】胃炎、胃溃疡、十二指肠溃疡、胆囊炎、胆石症、胆道蛔虫症，腹痛、腹泻、呕吐、呃逆、瘫痪、头痛、眩晕、鼻塞、心动过速等。

【附记】此穴是治疗内脏病症的经验穴，其主治范围以腹部的病证为主，兼及胸部乃至全身。

此穴对癌肿疼痛的止痛效果较好。

本穴与上、下耳根穴的穴名都有"耳根"两字，两者的穴性又同属平性，都具有解痉、止痛之功，都能用于治疗哮喘、腹痛。

本穴偏于解表、养血、宁心，重点在肺、心、肝、胆、胃、肠，以治疗外感鼻炎、气喘、腹痛、消化不良、原发性高血压和心动过速等症为主；而上、下耳根穴偏于养血、舒筋、活血、通经，重点在肝、肾、脾，以治疗神经系统的疾患为主，如三叉神经痛、面肌痉挛、脑血管意外后遗症、周围性面神经麻痹等症。

本穴与肾上腺穴的穴性同属平性，都具有解表宣肺，升清润肠之功，都可用于治疗上呼吸道感染、咳喘、腹泻等症；但本穴有偏阳之性，治疗范围较窄，重点在疏风、发表、解痉、利胆、宁心，偏于治疗头痛、鼻塞、胃痛、胆道蛔虫症、高血压和窦性心动过速等症；肾上腺穴治疗的范围较广，重点在清热解毒、发表、通腑、益心、宣肺、调经、止痛、祛湿止痒、消痰散结、培精养血，几乎能治疗各个系统的病症。两者所治之病种，各有所侧重。

第三节　下耳根

【曾用名】郁中、脊髓2。
【定位】耳根最下缘。
【功能】养血舒筋，定喘起瘫，活血通经，解痉镇痛，止痛止血。
【主治】头痛、腹痛、哮喘、小儿麻痹后遗症、肌萎缩侧索硬化症、瘫痪等。
【附记】下耳根具有与上耳根相同的治疗功效，以治疗肢体瘫痪为主；还用于低血压、落枕、头晕、失眠、窦性心动过速等疾病的治疗。

本穴与上耳根穴，两者的穴性、功能和作用相同；但是上耳根穴偏于活血通经，以治疗三叉神经痛、面肌痉挛为主；下耳根穴偏于养血舒筋，以治疗脑血管意外后遗症、半身不遂等症为主。前者重在止痛，后者重在濡养。两穴所治虽然各有偏重，但对同症者常常合用，以加强治疗之功效。

第四节　耳背沟

【曾用名】降压沟。
【定位】对耳轮上、下脚及对耳轮主干在耳背面呈"Y"字形凹沟部。
【功能】平肝息风，抗过敏，降血压，镇静止晕，舒经活络，祛风止痒，止痛。
【主治】头晕、目眩、降血压、血管性头痛、面神经炎等。
【附记】此穴是治疗高血压的特效穴。
本穴还可用于治疗各种顽固性皮肤病，如荨麻疹、银屑病等。
此穴在临床上是诊断原发性高血压病的重要参考穴。

第五节　耳背心

【定位】耳背上部。
【功能】宁心安神，养血生脉，通络止痛，清热泻火。
【主治】心悸、失眠、多梦、神经衰弱、癔症、疮疡、疖肿、高血压、头痛等。

第六节　耳背脾

【定位】耳背中部。

【功能】健脾和胃，益气调中，生营血，养肌肉。

【主治】胃痛、消化不良、厌食、胸胁痛、胆囊炎、胆石症、腹胀、泄泻、便秘、浮肿、四肢无力、胃炎、十二指肠球炎、胃溃疡、十二指肠溃疡、失眠等。

第七节　耳背肝

【定位】耳背中部外侧。

【功能】疏肝利胆，清利头目，理气止痛。

【主治】肝炎、肝区痛、胆囊炎、胆石症、阑尾炎、腰酸背痛、肥胖症、失眠、胸胁胀满、腹胀疼痛等。

第八节　耳背肺

【定位】耳背中部内侧。

【功能】宣肺利气，清热止痒，止咳平喘。

【主治】皮肤瘙痒症、支气管哮喘、支气管炎、咳嗽。

【附记】本穴还可治疗消化系统病症。

本穴对发热、皮肤病、肥胖症也有一定的治疗作用。

第九节　耳背肾

【定位】耳背下部。

【功能】强骨填髓，清热止痛，安神，滋补肾水。

【主治】头痛、头晕、神经衰弱、月经不调、自主神经功能紊乱、抑郁症、焦虑不安、听力减退、腰膝酸软、身体倦怠等。

下篇
耳穴的常见病治疗

第一章
高热、呼吸科疾病

第一节　高热

高热是指感受外邪（或内邪致病）所引起的体温升高，一般以体温超过 39℃为高热。多见于西医学中的流行性感冒、流行性脑脊髓膜炎、流行性乙型脑炎等所引起的高热症。

【病因病机】

引起高热的原因常见的有外感风热，风热从口鼻或皮毛侵袭人体，肺失清肃，卫失宣散，则可见发热、恶寒等症；或温邪在表不解，内入气分，或内陷营血，亦可引起高热；或外感暑热，内犯心包，可见壮热神昏；或外受疫毒郁于肌肤，内陷脏腑，也可引起壮热之症。

【辨证治疗】
一、风热犯肺

症状：发热咳嗽，微恶风寒，汗出头痛，咽喉肿痛，口干而渴，或吐黄色黏痰，舌苔薄黄，脉浮数。

治则：宣散风热，清肃肺气。

取穴：1.肺、大肠、屏尖、耳尖、肾上腺放血。

　　　2.肺、心、咽喉、肾上腺。

二、温邪内陷

（一）气分证

症状：高热，不恶寒反恶热，面目红赤，口渴饮冷，咳嗽胸痛，或大便秘结，腹部胀痛拒按，舌苔黄燥，脉洪数。

治则：清热祛邪。

取穴：1. 肺、胃、大肠、耳尖、肾上腺放血。

2. 肺、大肠、三焦、肾上腺。

（二）血分证

症状：高热夜甚，烦躁不安，甚则神昏谵语，口燥而不甚渴，或斑疹隐隐，或见衄血、吐血、便血，舌红绛而干，脉细数。

治则：清泄营血。

取穴：1. 心、屏尖、耳尖、肾上腺放血。

2. 肺、心、胃、肾上腺。

三、暑热蒙心

症状：壮热，心烦不安，口渴引饮，口唇干燥，肌肤灼热，时有谵语，甚则神昏痉厥，舌红绛而干，脉洪数。

治则：清泄暑热，开窍启闭。

取穴：1. 心、外耳、大肠、耳中。

2. 心、肺、胃、肾上腺。

四、疫毒熏蒸

症状：壮热，头面红肿热痛，咽喉肿痛，烦躁不安，或见丹痧密布肌肤，咽喉腐烂作痛，舌红苔黄，脉数。

治则：清热解毒。

取穴：1. 心、肺、耳尖、屏尖、肾上腺。

2. 肺、咽喉、神门、肾上腺。

第二节 咯血

咯血是肺络受伤，血溢脉外，以咳嗽、咯血或痰中带血等为主要表现。多见于西医学中的支气管扩张。

【病因病机】

肝火犯肺：情志不畅，肝气郁结，郁而化火，木火刑金，肝火犯肺，血随火升而致咯血。

阴虚火旺：素体阴虚，加之久病，热病后阴津耗伤，以致阴虚火旺，灼伤肺络，迫血妄行而为咯血。

痰热壅肺：素体脾虚，运化失常，或饮酒过多，或嗜食辛辣厚味，更伤脾气，运化失常，聚湿成痰；或滋生湿热，痰热互结，壅塞于肺，熏灼肺络，而致咯血。

气虚血瘀：久病之人，正气亏损，气虚不摄，或久病入络，血脉瘀阻，血行不畅，不能循经而致咯血。

【辨证治疗】

一、肝火犯肺

症状：咳呛气逆，咯血鲜红，胁痛善怒，面赤口苦，舌红，苔黄，脉弦数。

治则：清肝泻火，润肺止血。

取穴：1.肝、肺、耳中、神门。

2.肝、耳中、肺、三焦。

二、阴虚火旺

症状：反复咯血，血色鲜红，干咳咽燥，舌红，苔黄少津，脉细数。

治则：滋阴降火，润肺止血。

取穴：1.肺、大肠、肾、脾、耳迷根。

2.肺、气管、肾、脾、肾上腺。

三、痰热壅肺

症状：咯血量多，血色鲜红或挟有黄痰，或脓痰腥臭，心烦口渴，舌红，苔黄腻，脉滑数。

治则：清热祛痰，宣肺止血。

取穴：1.脾、肺、胃、大肠、缘中、肾上腺。

2.肺、耳中、胃、肾上腺。

四、气虚血瘀

症状：反复咯血，血色淡红或挟紫暗血块，气短胸闷，易汗，舌淡或有紫色瘀斑，苔薄白，脉细涩。

治则：补气活血，化瘀止血。

取穴：1.肺、心、耳中、肾上腺。

2.肺、脾、耳中、肾上腺。

第三节　咳嗽

咳嗽是因邪客肺系，肺失宣肃，肺气上逆所致，以咳嗽、咳痰为主要症状的肺系病症。多见于西医学中的急、慢性支气管炎。

【病因病机】

咳嗽的病因有外感、内伤两大类。外感咳嗽为六淫外邪侵袭肺系；内伤咳嗽为脏腑功能失调、内邪上干于肺。不论邪从外入，或自内而发，均可引起肺失宣肃，肺气上逆作咳。

外感：六淫外邪，侵袭肺系。多因肺的卫外功能减退或失调，以致在天气冷热失常、气候突变的情况下，六淫外邪或从口鼻而入，或从皮毛而受，使肺失宣肃，肺气上逆而为咳嗽。由于四时主气的不同，因而人体所感受的致病外邪亦有区别。风为六淫之首，其他外邪多随风邪侵袭人体，所以外感咳嗽常以风为先导，挟有寒、热、燥等邪，但以风邪挟寒者居多。

内伤：总由脏腑功能失调，内邪干肺所致，可分其他脏腑病变涉及于肺和肺脏自病两端。他脏及肺的咳嗽，可因情志刺激，肝失条达，气郁化火，气火循经上逆犯肺所致；或由饮食不当，嗜烟好酒，熏灼肺胃；或过食肥厚辛辣，脾失健运，痰浊内生，上干于肺致咳。因肺脏自病者常由肺系多种疾病迁延不愈，肺脏虚弱，阴伤气耗，肺的主气功能失常，肃降无权，而致气逆为咳。

【辨证治疗】

一、风寒袭肺

症状：咳嗽声重，咳痰稀薄色白，恶寒，或有发热，无汗，舌苔薄白，脉浮紧。

治则：疏风散寒，宣肺止咳。

取穴：1.肺、脾、耳中、肾、大肠。

　　　2.肺、外耳透外鼻、膀胱、肾上腺。

二、风热犯肺

症状：咳嗽气粗，咳痰黏白或黄，咽痛或咳声嘶哑，或有发热，微恶风寒，口微渴，舌尖红，苔薄白或黄，脉浮数。

治则：疏风清热，宣肺止咳。

取穴：1.肺、脾、耳中、枕、大肠。

　　　2.肾上腺、屏尖、耳尖放血。

　　　3.耳尖放血、肺、大肠、咽喉。

三、燥邪伤肺

症状：干咳少痰，咳痰不爽，鼻咽干燥，口干，舌尖红，苔薄黄少津，脉细数。

治则：清热润燥，宣肺止咳。

取穴：1. 肺、脾、口、耳迷根（直刺要有针感，如酸麻胀痛）。

　　　2. 肺、大肠、咽喉、内鼻，耳尖放血。

四、痰热壅肺

症状：咳嗽气粗，痰多黄稠，烦热口干，舌质红，苔黄腻，脉滑数。

治则：清热化痰，肃肺止咳。

取穴：1. 肺、脾、口、大肠、胃、肾。

　　　2. 三焦、肺、大肠、肾。

五、肝火犯肺

症状：呛咳、气逆阵作，咳时胸胁引痛，甚则咯血，舌红，苔薄黄少津，脉弦数。

治则：清肺泻肝，顺气降火。

取穴：1. 肝、肺、耳中、神门、胰胆、气管。

　　　2. 耳中、肝、肺、内分泌、三焦、胸。

六、痰湿蕴肺

症状：咳声重浊，痰多色白，晨起为甚，胸闷脘痞，纳少，舌苔白腻，脉濡滑。

治则：健脾化湿，化痰止咳。

取穴：1. 脾、肺、胃、对屏尖、耳中、胸。

　　　2. 脾、肺、肾、胸、胸椎、耳中。

七、肺阴亏虚

症状：咳久痰少，咳吐不爽，痰黏或挟血丝，咽干口燥，手足心热，舌红，少苔，脉细数。

治则：滋阴润肺，化痰止咳。

取穴：1. 肺、肾、脾、神门、耳中。

　　　2. 肺、脾、肾、胸、胸椎、肾上腺。

八、肺气亏虚

症状：病久咳声低微，咳而伴喘，咳痰清稀色白，食少，气短胸闷，神倦乏力，自汗畏寒，舌淡嫩，苔白，脉弱。

治则：补益肺气，化痰止咳。

取穴：1. 肺、脾、胃、口、三焦、交感。

　　　2. 三焦、肾、肺、咽喉。

第四节　哮病

哮病，以发作性喉中哮鸣有声，呼吸困难，甚则喘息不得平卧为常见临床症状。相当于西医学中的支气管哮喘、喘息性支气管炎。

【病因病机】

外邪侵袭：外感风寒或风热之邪，未能及时表散，邪蕴于肺，壅阻肺气，气不布津，聚液生痰；或吸入花粉、烟尘，影响肺气的宣降，津液凝聚，痰浊内蕴，导致哮病。

饮食不当：贪食生冷，寒饮内停，或嗜食酸咸甘肥，积痰蕴热，或因进食海腥发物，而致脾失健运，饮食不归正化，痰浊内生，上干于肺，壅阻肺气，致成哮病。

体虚病后：素体不强，或病后体弱，如幼年患麻疹、顿咳，或反复感冒，咳嗽日久等，以致肺气耗损，气不化津，痰饮内生；或阴虚火盛，热蒸液聚，痰热胶固，壅阻肺气，发为哮病。

哮病的病理因素以痰为主，痰的产生责之于肺不能布散津液，脾不能运输精微，肾不能蒸化水液，以致津液凝聚成痰，伏藏于肺，成为发病的"夙根"。此后如遇气候变化、饮食不当、情志失调、劳累等多种诱因，均可引起发作。发作期的基本病理变化为"伏痰"遇感引触，痰随气升，气因痰阻，相互搏结，壅塞气道，肺管狭窄，通畅不利，肺气宣降失常，引动停积之痰，而致痰鸣如吼，气息喘促。哮病的病位主要在于肺系，发作时的病理环节为痰阻气闭，以邪实为主，故以呼气困难，自觉呼出为快。若病因于寒，素体阳虚，痰从寒化，属寒痰为患，则发为冷哮；病因于热，素体阳盛，痰从热化，属痰热为患，则发为热哮。若长期反复发作，寒痰伤及脾肾之阳，痰热耗灼肺肾之阴，则病由实转虚，发为虚哮。

【辨证治疗】
发作期
一、冷哮

症状：喉中哮鸣如有水鸡声，胸膈满闷，咳痰稀白，面色晦滞。或有恶寒、发热、身痛，舌质淡，苔白滑，脉浮紧。

治则：温肺散寒，化痰平喘。

取穴：1.肺、内分泌、肾上腺、上耳根、下耳根。

　　　2.肺、脾、肾、胸、膀胱、气管。

二、热哮

症状：喉中哮鸣如吼，气粗息涌，胸膈烦闷，呛咳阵作，痰黄黏稠，面红，伴有发热，心烦口渴，舌质红，苔黄腻，脉滑数。

治则：清热宣肺，化痰定喘。

取穴：1.肺、胃、交感、上耳根、下耳根、耳中、对屏尖。

2.肺、脾、肾、大肠、气管，耳尖放血。

三、虚哮

症状：反复发作，甚者持续喘哮，咳痰无力，声低气短，动则尤甚，口唇爪甲发绀，舌质紫暗，脉弱。

治则：补益脾肺，化痰定喘。

取穴：1.肺、脾、上耳根、下耳根、耳中、肾上腺。

2.肺、脾、肾、艇角、肾上腺、内分泌、气管。

缓解期

一、肺气亏虚

症状：平素自汗，畏风，易患感冒，每因气候变化而诱发。发病前喷嚏频作，鼻塞流清涕，舌苔薄白，脉濡，白睛可见肺区脉络浅淡。

治则：补肺固表。

取穴：1.肺、上耳根、下耳根、耳中、脾、垂前。

2.耳背肺、耳背脾、耳背肾、膀胱。

二、脾气亏虚

症状：平素痰多，倦怠无力，食少便溏，每因饮食失当而引发，舌苔薄白，脉细缓。

治则：健脾化湿。

取穴：1.脾、肺、胃、上耳根、下耳根、耳中。

2.耳背脾、耳背肺、耳背肾、胃。

三、肾气亏虚

症状：平素气息短促，动则为甚，腰酸腿软，脑转耳鸣，不耐劳累，下肢欠温，小便清长，舌淡，脉沉细。

治则：补肾摄纳。

取穴：1.肾、外生殖器、上耳根、下耳根、耳中、心、口。

2.耳背肾、肾上腺、肺、膀胱、内分泌、三焦。

第五节　喘病

喘病，是以呼吸急促为特征，严重时甚至张口抬肩，鼻翼煽动，不能平卧。多见于西医学中的阻塞性肺气肿、肺源性心脏病、心肺功能不全。

【病因病机】

喘病的成因多为外感六淫乘袭，内伤饮食、劳倦，或久病所致。病理性质有虚实两方面，有邪者为实，因邪壅于肺，宣降失司；无邪者属虚，因肺不主气，肾失摄纳。

外邪侵袭：因重感风寒，邪袭于肺，内则壅遏肺气，外则郁闭皮毛，肺卫为邪所伤，肺气不得宣畅；或因风热犯肺，肺气壅实，甚则热蒸液聚成痰，清肃失司，以致肺气上逆作喘。

饮食不当：恣食肥甘、生冷，或嗜酒伤中，脾失健运，痰浊内生，上干于肺，壅阻肺气，升降不利，发为喘促。

劳倦，久病：久病中气虚弱，肺气失于充养；或久病肺弱，咳伤肺气，肺之气阴不足，以致气失所主而短气喘促。若久病迁延不愈，由肺及肾，或劳倦伤肾，精气内夺，肺之气阴亏耗，不能下荫于肾，肾之真元伤损，根本不固，则气失摄纳，上出于肺，出多入少，逆气上奔而为喘。若肾阳衰弱，水无所主，凌心射肺，肺气上逆，亦可致喘。

【辨证治疗】

一、风寒束肺

症状：喘急胸闷，咳嗽痰多清稀，伴有恶寒发热，头痛等症，舌苔薄白，脉浮紧。

治则：宣肺散寒。

取穴：1.肺、上耳根、下耳根、耳中、神门。

2.屏尖、耳尖、肾上腺放血。

3.外耳透外鼻、肺、膀胱、气管、肾上腺。

二、风热犯肺

症状：喘促气粗，咳嗽痰黄而黏稠，心胸烦闷，口干而渴，可有发热恶风，舌边红，苔薄黄，脉浮数。

治则：宣肺泄热。

取穴：1.肺、大肠、胸、口、耳中、外耳。

2.屏尖、耳尖、肾上腺放血。

3.大肠、耳尖、内分泌、三焦、肺。

三、痰湿蕴肺

症状：喘咳胸闷，痰多易咳，痰黏或咳吐不爽，胸中窒闷，口腻，脘痞腹胀，舌质淡，舌苔白腻，脉弦滑。

治则：健脾祛痰，宣肺定喘。

取穴：1.肺、脾、胃、口、三焦、耳中、大肠。

2.胃、脾、肺、内分泌、三焦、胸。

四、水气凌心

症状：气喘息涌，痰多呈泡沫状，胸满不能平卧，肢体浮肿，心悸怔忡，尿少肢冷，舌苔白滑，脉弦细数。

治则：温补肾阳，化气行水。

取穴：1.肾、心、脾、皮质下、三焦。

2.肾、三焦、心、肺、膀胱、内分泌。

五、肺脾两虚

症状：喘息短促无力，语声低微，自汗心悸，面色㿠白，神疲乏力，食少便溏，舌淡苔少，脉弱。

治则：补益脾肺，利气定喘。

取穴：1.肺、脾、耳中、肾上腺、口、三焦、交感。

2.耳背脾、耳背肺、三焦、胸。

六、肺肾两虚

症状：喘促日久，心悸怔忡，动则喘咳，气不接续，胸闷如窒，不能平卧，痰多而黏，或心烦不寐，唇甲发绀，舌质紫或舌红苔少，脉微疾。

治则：补益肺肾，纳气定喘。

取穴：1.肺、肾、胃、上耳根、下耳根。

2.耳背肺、耳背肾、内分泌、三焦、胸。

第六节　悬饮

悬饮是指肺气不足，外邪乘虚侵袭，肺失宣通，胸络郁滞，气不布津，以致饮停胸胁，出现咳唾胸胁引痛，或见胁肋饱满。多见于西医学中的胸膜炎、胸腔积液。

【病因病机】

悬饮多因素体不强，或原有其他慢性疾病，使肺虚卫弱。若时邪外袭，肺失宣通，胸络郁滞，气不布津，以致饮停胸胁，肺络不畅，形成悬饮。

【辨证治疗】
一、邪郁少阳

症状：寒热往来，或恶寒发热，胸胁疼痛，咳嗽痰少，舌苔薄白或黄，脉弦数。

治则：和解宣利。

取穴：1.肝、肺、脾、皮质下、神门。

2.肝、耳中、胰胆、肺、心。

二、饮停胸胁

症状：咳唾时胸胁引痛，转侧不利，偏卧于病侧则痛缓，肋间胀满，呼吸急促，舌苔薄白，脉沉弦。

治则：逐水祛饮。

取穴：1.肺、胰胆、三焦、神门。

2.肺、胸、内分泌、三焦。

三、肺络不畅

症状：胸胁疼痛，呼吸不畅，或有闷咳，迁延不已，舌苔薄，脉弦细。

治则：理气和络。

取穴：1.肺、肝、脾、耳中、耳迷根。

2.三焦、耳背心、胸、胸椎。

第二章

消化科疾病

第一节　胃脘痛

胃脘痛简称胃痛，以上腹部近心窝处经常发生疼痛为主症。多见于西医学中的胃炎、胃溃疡、十二指肠溃疡、胃痉挛等疾病。

【病因病机】

肝胃气滞：肝为刚脏，性喜条达而主疏泄，若忧思恼怒，则气郁而伤肝，肝木失于疏泄，横逆犯胃，致气机阻滞，不通则痛。

寒邪犯胃：外感寒邪，内客于胃，寒主收引，致经脉收缩而痛。

胃热炽盛：素体胃有积热，加之肝气郁结，日久化热，邪热犯胃，使胃失和降而发生疼痛。

食滞胃肠：饮食不节，暴饮多食，胃之受纳过量，纳谷不下，腐熟不及，食谷停滞而痛。

瘀阻胃络：肝郁日久，瘀血内结，或阳虚寒化，血行不畅，则涩而成瘀，瘀血阻滞胃络，使胃失和降，而致疼痛。

胃阴亏虚：素体阴液不足，又饮酒过度，嗜食肥甘辛辣之品，则易耗损胃阴，胃失濡养而产生疼痛。

脾胃虚寒：脾胃为仓廪之官，主受纳和运化水谷，若饥饱失常，或劳倦过度，或久病脾胃受伤等，均能引起脾阳不足，中焦虚寒，而引起胃痛。

【辨证治疗】

一、肝胃气滞

症状：胃脘痞胀疼痛或攻窜胁背，嗳气频作，苔薄白，脉弦。

治则：疏肝理气。

取穴：1.肝、胃、胰胆、口、三焦。

2.肝、耳中、胃、交感、三焦。

二、寒邪犯胃

症状：胃脘冷痛暴作，呕吐清水痰涎，畏寒喜暖，口不渴，苔白，脉弦紧。

治则：散寒止痛。

取穴：1.胃、交感、脾、耳中。

2.胃、食道、贲门、交感、肺。

三、胃热炽盛

症状：胃痛急迫或痞满胀痛，嘈杂吐酸，心烦，口苦或黏，舌质红，苔黄或腻，脉数。

治则：清泄胃热。

取穴：1.胃、脾、三焦、耳中、交感、胰胆。

2.胃、耳中、三焦、内分泌。

四、食滞胃肠

症状：胃脘胀痛，嗳腐吞酸或呕吐不消化食物，吐后痛缓，苔厚腻，脉滑或实。

治则：消食导滞。

取穴：1.胃、脾、三焦、耳中、交感。

2.胃、内分泌、三焦、交感、大肠。

五、瘀阻胃络

症状：胃痛较剧，痛如针刺或刀割，痛有定处，拒按，或大便色黑，舌质紫暗，脉涩，白睛可见胃区脉络暗红而屈曲。

治则：活血化瘀。

取穴：1.胃、肝、耳中、交感、神门。

2.肝、耳中、胃、耳迷根、交感、神门。

六、胃阴亏虚

症状：胃痛隐作，灼热不适，嘈杂似饥，食少口干，大便干燥，舌红少津，脉细数。

治则：养阴益胃。

取穴：1.胃、肾、脾、胸、神门、内分泌。

2.胃、外耳、交感、脾、内分泌、三焦。

七、脾胃虚寒

症状：胃痛绵绵，空腹为甚，得食则缓，喜热喜按，泛吐清水，神倦乏力，手足不温，大便多溏，舌质淡，脉沉细。

治则：温中健脾。

取穴：1.脾、胃、交感、口、三焦、肾。

2.胃、脾、交感、腹。

第二节　呃逆

呃逆以胃气上冲、喉间呃呃连声，声短而频，令人不能自制为主要临床表现。多见于西医学中的膈肌痉挛、胃神经症。

【病因病机】

呃逆总由胃气上逆动膈而成。而引起胃失和降的病理因素，则有寒气蕴蓄，燥热内盛，气郁痰阻及气血亏虚等方面。

饮食不节：如过食生冷食品或寒凉药物，则寒气蕴蓄于胃，并循手太阴之脉上膈，袭肺，胃气失于和降，气逆而上，复因膈间不利，故呃呃声短而频，不能自制；若过食辛热煎炒之品，或过用温补之剂，燥热内盛，阳明腑实，气不顺行，亦可动膈而发生呃逆。

情志不和：恼怒抑郁，气机不利，对津液失布而滋生痰浊，若肝气逆乘肺胃，导致胃气挟痰上逆，亦能动膈而发生呃逆。

正气亏虚：重病、久病之后，或因病而误用吐下之剂，耗伤中气，或损及胃阴，均可使胃失和降而发生呃逆。如病深及肾，肾气失于摄纳，引动冲气上乘，挟胃气动膈，亦可发生呃逆。

【辨证治疗】

一、胃中寒冷

症状：呃声沉缓有力，膈间及胃脘不舒，得热则减，得寒愈甚，食欲减少，口中和而不渴，舌苔白润，脉迟缓。

治则：温中祛寒止呃。

取穴：1.胃、耳中、口、三焦。

2.胃、耳中、三焦、交感。

二、胃火上逆

症状：呃声洪亮，冲逆而出，口臭烦渴，喜冷饮，小便短赤，大便秘结，舌苔黄，脉滑数。

治则：清胃降逆止呃。

取穴：1.胃、肺、大肠、口、耳中。

2.胃、耳中、三焦、耳迷根。

三、气机郁滞

症状：呃逆连声，常因情志不畅而诱发或加重，伴有胸闷，纳减，脘胁胀闷，肠鸣矢气，舌苔薄白，脉弦。

治则：疏肝降逆止呃。

取穴：1.肝、胃、耳中。

2.三焦、耳中、肝、交感。

四、脾胃阳虚

症状：呃声低弱无力，气不得续，面色苍白，手足不温，食少困倦，舌淡苔白，脉沉细弱。

治则：温补脾胃，降逆止呃。

取穴：1.耳中、脾、胃、肾上腺、口。

2.脾、胃、三焦、耳中、耳迷根。

五、胃阴不足

症状：呃声急促而不连续，口干舌燥，烦躁不安，舌质红而干或有裂纹，脉细数。

治则：滋阴养胃止呃。

取穴：1.胃、耳中、肾、口。

2.胃、耳中、三焦、口、耳迷根。

第三节　呕吐

呕吐，多指呕吐出胃中食物。

【病因病机】

寒邪犯胃：外感风寒之邪，以及秽浊之气，侵犯胃腑，以致胃失和降，水谷随气上逆，发生呕吐。

饮食不节：饮食过多，或过食生冷油腻、不洁等食物，皆可伤胃滞脾，而致食停不化，胃气不能下行，上逆而为呕吐。

情志失调：恼怒伤肝，肝失条达，横逆犯胃，胃气上逆；忧思伤脾，脾失健运，食停难化，胃失和降，均可发生呕吐。

脾胃虚弱：因劳倦太过，耗伤中气，或久病中阳不振，脾虚不能运化水谷，水谷精微不能化生气血，以致寒浊中阻而引起呕吐，或聚而成饮成痰，积于胃中，当饮邪上逆之时，每能发生呕吐。亦有因胃阴不足，失其润降，引起呕吐。

总之，外感六淫，内伤七情，以及饮食不节，劳倦过度，引起胃气上逆，都可发生呕吐。由于病因不同，体质各异，故在临床上有虚实之分，实者因邪气所干，虚者由于胃虚不降，其中又有阴虚、阳虚之别，临证要予以详辨。

【辨证治疗】
一、寒邪犯胃

症状：呕吐食物残渣，量多如喷，胸脘满闷，可伴有恶寒发热，头身疼痛，苔白腻，脉浮滑。

治则：解表散寒，化浊降逆。

取穴：1.肺、胃、内分泌、神门。
　　　2.胃、食道、贲门、交感、肺。

二、食滞胃肠

症状：呕吐酸腐食物，吐出为快，大便秘结或臭秽不爽，嗳气厌食，脘痞腹胀，苔厚腻或垢，脉滑或沉实。

治则：消食化滞，和胃降逆。

取穴：1.食道、胃、脑干、内分泌。
　　　2.胃、三焦、大肠、交感、艇中。

三、痰饮停胃

症状：呕吐清水痰涎，胸脘痞满，口干不欲饮，饮水则吐，或头眩心悸，苔白滑或腻，脉弦滑。

治则：健脾化痰，和胃降逆。

取穴：1.脾、胃、耳中、内分泌、脑干。
　　　2.脾、胃、口、内分泌、三焦。

四、肝气犯胃

症状：呕吐反酸，口苦嗳气，脘胁烦闷不适，嘈杂，舌边红，苔薄腻或微黄，脉弦。

治则：疏肝和胃，降逆止呕。

取穴：1. 肝、胃、胰胆、内分泌。

2. 肝、耳中、胃、艇中。

五、脾胃虚寒

症状：呕吐反复，迁延日久，劳累过度或饮食不慎即发，神疲倦怠，胃脘隐痛，喜暖喜按，畏寒肢冷，面色㿠白，舌质淡或胖，苔薄白，脉弱。

治则：温中健脾，和胃降逆。

取穴：1. 脾、胃、交感、口、三焦、肾上腺。

2. 脾、胃、腹、艇中、三焦。

六、胃阴亏虚

症状：时时干呕，呕吐少量食物及黏液，反复发作，胃脘嘈杂，饥不欲食，口燥咽干，大便干结，舌红少津，脉细数。

治则：滋养胃阴，降逆止呕。

取穴：1. 食道、胃、肾、耳中、内分泌。

2. 胃、大肠、脾、三焦、耳迷根。

第四节　腹痛

腹痛是指胃脘以下、耻骨毛际以上的部位发生疼痛的症状。多见于西医学中的痢疾、肠炎、寄生虫病等所引起的腹痛。

【病因病机】

外感时邪：寒暑湿热之邪侵入腹中，使脾胃运化功能失常，邪滞于中，气机阻滞，而发生腹痛。

饮食不节：暴饮暴食，伤于脾胃，食滞内停；或恣食肥甘厚味辛辣之品，湿热积滞，蓄结肠胃；或误食馊腐不洁之物；或过食生冷，遏阻脾阳等，均可影响脾胃之健运，使之气机失于调畅，腑气通降不利，而发生腹痛。

情志失调：情志怫郁，恼怒伤肝，木失条达，气血郁滞；或肝气横逆，乘犯脾胃，以致脾胃不和，气机不畅；或气郁日久，气滞血瘀，脉络阻滞，均可导致腹痛。

阳气虚弱：脾阳不振，健运无权；或寒湿停滞，渐致脾阳衰惫，气血不足，不能温养脏腑，遂致腹痛。

【辨证治疗】

一、寒邪内阻

症状：腹痛急暴，得温痛减，遇寒更甚，小便清利，大便自可或溏薄，舌苔白腻，脉沉紧。

治则：温中散寒。

取穴：1.交感、脾、肾、大肠、三焦。

　　　2.腹、艇中、交感、肾。

二、湿热壅滞

症状：腹痛拒按，胸闷不舒，大便秘结或溏滞不爽，烦渴引饮，自汗，小便短赤，舌苔黄腻，脉濡数。

治则：通腑泄热。

取穴：1.耳中、胃、大肠、交感、肾上腺。

　　　2.脾、耳中、大肠、艇中、交感。

三、中虚脏寒

症状：腹痛绵绵，时作时止，喜热恶冷，痛时喜按，饥饿劳累后更甚，得食或休息后稍减，大便溏薄，兼有神疲气短等症，舌淡苔白，脉沉细。

治则：温中补虚，缓急止痛。

取穴：1.脾、小肠、肾、交感、腹、口。

　　　2.腹、艇中、交感、脾、肾。

四、饮食积滞

症状：脘腹胀满疼痛，拒按，恶食，嗳腐吞酸，或痛而欲泻，泻后痛减，或大便秘结，舌苔腻，脉滑实。

治则：消食导滞。

取穴：1.脾、胃、肝、三焦、腹。

　　　2.上耳根、耳迷根、三焦、艇中。

五、气滞血瘀

症状：以气滞为主者，证见脘腹胀闷或痛，攻窜不定，痛引少腹，得嗳气或矢气则胀痛减轻，遇恼怒则加剧，苔薄，脉弦。以血瘀为主者，则痛势较剧，痛处不移，舌质青紫，脉弦或涩。

治则：行气活血通络。

取穴：1.耳中、肝、心、三焦、神门。

2.耳中、肝、三焦、腹、艇中。

第五节 腹泻

腹泻是指大便稀薄或呈水泻而次数增多，病因不外内伤、外感。临床分急性泄泻和慢性腹泻。本证多见于西医学中的急慢性肠炎、消化不良、过敏性结肠炎以及肠结核等。

【病因病机】

急性腹泻：多因进食生冷、不洁之物，或兼受寒湿暑热之邪，客于肠胃，邪滞交阻，气机不和，胃肠运化和传导功能失常，以致清浊不分而成泄泻。病程在两个月之内。

慢性腹泻：脾胃素弱，或久病气虚，中焦健运衰退，食物难以消磨。或因肾阳不振，命门火衰，不能熟腐水谷，亦可导致泄泻。腹泻持续或反复发作超过两个月称为慢性腹泻。

【辨证治疗】

一、急性腹泻

症状：发病较急，便次与量增多。如偏于寒湿，则便质清稀，水谷相杂，肠鸣腹痛，口不渴，身寒喜温，舌淡苔白滑，脉迟；偏于湿热，则所下黄糜热臭，腹痛，肛门灼热，苔黄腻，脉濡数。

治则：疏调肠胃。

取穴：1.耳尖放血、交感、腹、艇中、直肠、大肠。

2.脾、大肠、交感、肛门。

二、慢性腹泻

症状：发病缓或由急性腹泻转变而成，每日泄泻次数较少。如脾虚，则神疲便溏，喜暖纳呆，苔白脉缓；如脾肾阳虚，则腹痛即泻，多在黎明前发作，伴肢冷腰酸，苔白，脉沉细。

治则：健脾温肾。

取穴：1.脾、胃、枕、神门、皮质下、内分泌。

2.脾、肾、腹、皮质下。

第六节　胆囊病

胆囊病——胆囊炎、胆结石是临床常见病症之一。常见于上腹部或剑突下疼痛、压痛，且向右肩放射，可伴有厌油、恶心、呕吐、口苦、纳呆等消化道症状。

【病因病机】

中医认为本病因情志不畅、寒温不适、饮食不节而造成肝胆气滞、湿热壅盛。根据不同阶段分为气滞型、湿热型和脓毒型。气滞型相当于西医学中的单纯性胆囊炎或胆石症，后两种相当于化脓性胆囊炎。

【辨证治疗】

一、气滞型

症状：右上腹有轻度或短暂的隐钝痛，常有口苦咽干，不思饮食，无明显寒热，无黄疸或有轻度黄疸，尿清长或微黄，舌苔薄或微黄，脉弦紧。此型相当于无明显感染的肝内、外胆管结石，慢性胆管炎，胆囊炎，胆囊结石。

治则：清胆行气。

取穴：1.胰胆、交感、内分泌、神门、肝、三焦。

　　　2.胰胆、耳迷根、交感、内分泌、三焦、肾上腺。

二、湿热型

症状：起病急，有持续绞痛，阵发性加剧，压痛，腹肌紧张，伴有口苦咽干，心烦呕吐，寒热往来，时有自身发黄，尿少色黄，便秘，舌质红，苔黄腻，脉弦滑或滑数。此型相当于内、外胆管结石引起的梗阻、感染和急性胆囊炎。

治则：清胆利湿。

取穴：1.胰胆、交感、内分泌、神门、肝、脾。

　　　2.耳迷根、交感、内分泌、三焦、胰胆。

三、脓毒型

症状：持续性上腹痛、压痛，腹肌紧张，反跳痛明显，伴有寒战、高热、神志淡漠，甚至昏迷、谵语，全身晦黄或有出血现象，尿色如茶而量少，大便燥结，舌质绛红，舌干枯或无苔，脉弦数或沉细。此型相当于胆石症并发急性梗阻性化脓性胆管炎，或胆囊积脓、胆囊梗阻、胆汁性或化脓性腹膜炎。

治则：清热解毒。

取穴：1.胰胆、交感、内分泌、神门、肝、心、肺。

2.胰胆、输尿管、交感、腹、耳迷根。

第七节　便秘

便秘，又称大便不通、大便难，指粪便在肠道内滞留过久，干燥坚硬，排出困难；或排便次数少，通常在二、三天以上不大便者，称为便秘。

【病因病机】

肠道实热：素体阳盛，或恣饮酒浆，过食辛热厚味，以致胃肠积热，或于伤寒热病之后，余热留恋，津液耗伤，导致肠道失润，于是大便干结，难于排出，而成便秘。

肠道气滞：忧愁思虑过度，情志不舒，或久坐少动，每致气机郁滞，不能宣达，于是通降失常，传导失职，糟粕内停，不得下行，而成便秘。

气血不足，下元亏损：劳倦饮食内伤，或病后、产后以及年老体虚之人，气血两亏，气虚则大肠传导无力；血虚则津枯不能滋润大肠。甚则损及下焦精血，以致本元受亏，真阴一亏，则肠道失润而更行干槁；真阳一亏，则不能蒸化津液，温润肠道，两者都能使大便排出困难，以致秘结不通。

脾肾阳虚：素体阳虚，或年老体衰，则阴寒内生，留于肠胃，于是凝阴固结，致阳气不通，津液不行，故肠道艰于传送，从而引起便秘。

【辨证治疗】
一、肠道实热

症状：大便干结，腹部胀满，按之作痛，口干或口臭，舌苔黄燥，脉滑实。
治则：清热润肠。
取穴：1.大肠、肺、皮质下、口、脾、三焦。
　　　2.胃、大肠、肺、脾、三焦。

二、肠道气滞

症状：大便不畅，欲解不得，甚则少腹作胀，嗳气频作，苔白，脉细弦。
治则：行气导滞。
取穴：1.肝、三焦、皮质下、大肠。
　　　2.肝、脾、大肠、三焦、肺、角窝中。

三、脾虚气弱

症状：大便干结如栗，临厕无力努挣，挣则汗出气短，面色㿠白，神疲气怯，舌淡，苔薄白，脉弱。

治则：益气润肠。

取穴：1.脾、大肠、三焦、腹。

　　　2.耳背脾、大肠、三焦、皮质下。

四、脾肾阳虚

症状：大便秘结，面色萎黄无华，时作眩晕，心悸，甚则小腹冷痛，小便清长，畏寒肢冷，舌质淡，苔白润，脉沉迟。

治则：温阳通便。

取穴：1.耳迷根、脾、肾、三焦、皮质下、大肠。

　　　2.脾、肾、三焦、大肠。

五、阴虚肠燥

症状：大便干结，状如羊屎，口干少津，神疲纳呆，舌红，苔少，脉细小数。

治则：滋阴润肠。

取穴：1.肝、三焦、皮质下、肾、大肠。

　　　2.大肠、内分泌、三焦、肾、皮质下。

第八节　水臌

水臌，以腹部胀大，状如蛙腹，按之如囊裹水，或见腹部坚满，腹皮绷急，叩之呈浊音者，以水停为主，称为水臌。水臌可见于西医学中的肝硬化腹水、肾性水肿、营养不良性水肿等出现腹水者。

【病因病机】

酒食不节：嗜酒过度，饮食不节，损伤脾胃，脾虚则运化失职，酒湿浊气蕴聚中焦，清浊相混，壅阻气机，肝失条达，气血瘀滞，脾虚愈甚，进而波及于肾，开阖不利，水浊渐积渐多，终至水不得泄，遂成水臌。

情志所伤：情志怫郁，气机失于调畅，以致肝气郁结，久则气滞血瘀，肝失疏泄，横逆而乘脾胃，运化失常，水湿停留，进而壅塞气机，水湿气血停瘀蕴结，日久不化，侵渐及肾，开阖不利，三脏俱病，而成水臌。

血吸虫感染：血吸虫感染后，未及时治疗，晚期内伤肝脾，脉络瘀塞，气机不畅，升降失常，清浊相混，水、气、血停瘀腹中，而成水臌。

【辨证治疗】

一、气滞湿阻

症状：腹胀按之不坚，胁下胀痛，饮食减少，食后作胀，嗳气不适，小便短少，舌苔白腻，脉弦。

治则：疏肝理气，行湿散满。

取穴：肝、脾、腹、三焦、皮质下。

二、寒湿困脾

症状：腹大胀满，按之如囊裹水，颜面微浮，下肢浮肿，脘腹痞胀，精神困倦，怯寒懒动，食少便溏，尿少，舌苔白滑或白腻，脉缓。

治则：温中健脾，行气利水。

取穴：脾、肾、口、三焦。

三、湿热蕴结

症状：腹大坚满，脘腹撑急，烦热口苦，渴不欲饮，小便短黄，大便秘结或溏，两目、皮肤发黄，舌边尖红，苔黄腻或灰黑，脉弦滑或数。

治则：清热利湿，攻下逐水。

取穴：肝、胆、大肠、三焦、腹、神门。

四、肝脾血瘀

症状：腹大坚满，脉络怒张，胁肋刺痛，面色暗黑，面颈胸臂有血痣，呈丝纹状，手掌赤痕，唇色紫褐，口渴不欲饮，大便色黑，舌质紫红或有瘀斑，脉细涩。

治则：活血化瘀，行气利水。

取穴：心、肝、脾、耳中、三焦。

五、脾肾阳虚

症状：腹大胀满，朝轻暮重，面色苍黄，脘闷纳呆，神倦怯寒，肢冷或下肢浮肿，食少便溏，小便短少不利，舌质淡紫，脉沉弦无力。

治则：温补脾肾，化气行水。

取穴：脾、肾、膀胱、耳中、三焦。

六、肝肾阴虚

症状：腹大胀急，或见青筋暴露，面色晦暗，唇紫口燥，心烦失眠，牙龈出血，鼻衄时作，小便短少，舌质红绛少津，脉弦细数。

治则：滋养肝肾，凉血化瘀。

取穴：肝、肾、三焦、牙、口。

第九节　吐血

吐血系胃络受损、络伤血溢，出现血从口中呕吐而出的病症。多见于西医学中的上消化道出血。

【病因病机】

胃热炽盛：胃中素有蕴热，又饮酒过多或嗜食辛辣厚味，滋生湿热，热灼胃络，迫血妄行而致吐血。

肝火犯胃：情志不畅，郁怒伤肝，肝郁化火横逆犯胃，胃络损伤而引起吐血。

瘀阻胃络：胃病日久不愈，久病入络，使血脉瘀阻，血行不畅，血不循经而致吐血。

脾不统血：饮食不节，损伤脾胃，脾虚失其健运统摄之职，以致血溢脉外发生吐血。

肝胃阴虚：素体阴液不足，或热病、久病后阴津耗伤，肝胃阴虚，以致阴虚火旺，迫血妄行，而为吐血。

【辨证治疗】

一、胃热炽盛

症状：吐血量多，色红或紫暗，常夹有食物残渣，脘腹胀闷甚则疼痛，口臭便秘，或大便色黑，舌质红，苔黄，脉滑数。

治则：清胃泻火，化瘀止血。

取穴：1. 胃、缘中、三焦、口。

2. 胃、耳中、肾上腺。

二、肝火犯胃

症状：吐血色鲜红或紫暗，呕哕频作，嘈杂反酸，胃脘痞胀灼热，心烦易怒，胁痛口苦，舌质红，苔黄，脉弦数。

治则：泄肝清胃，凉血止血。

取穴：1. 肝、耳中、胃、脾、肾上腺。

2. 耳中、肝、胃、上耳根。

三、瘀阻胃络

症状：吐血紫暗，胃脘疼痛，固定不移，痛如针刺或刀割，口干不欲饮，舌质紫或有瘀斑，苔薄，脉涩。

治则：和胃通络，化瘀止血。

取穴：1.胃、心、耳中、缘中、交感。

2.胃、耳中、肾上腺。

四、脾不统血

症状：吐血反复不止，时轻时重，血色暗淡，胃脘隐痛，喜按，神疲畏寒，心悸气短，自汗，便溏色黑，面色苍白，舌质淡，苔白，脉弱。

治则：健脾益气摄血。

取穴：1.脾、耳中、胃、肾上腺、口、三焦。

2.胃、耳中、脾、肾上腺。

五、肝胃阴虚

症状：吐血量多色红，脘胁隐痛，嘈杂吐酸，烦热颧红，盗汗，咽干口燥，舌红无苔，脉细弦数。

治则：滋阴清热，和胃止血。

取穴：1.肝、胃、肾上腺、口。

2.肝、胃、耳中、肾上腺。

第三章

神经科疾病

第一节　头痛

头痛可在多种急慢性疾患中出现，是临床上极为常见之症状。本节仅讨论以头痛为主之病症。

【病因病机】

风寒犯头：为风寒之邪所致，故于吹风受寒之后发病。

风热犯头：可由风寒不解郁而化热，或由风挟热邪中于阳络。

风湿犯头：为风邪挟湿上犯，湿蒙清窍。

肝阳上扰：由于情志不舒，怒气伤肝，肝火上扰；或肝阴不足，肝阳上亢，清窍被扰而致。

脾气亏虚：为久病或过劳伤及脾气，皆令脾气亏虚。

阴血亏虚：为失血过多或产后失调，以致阴血不足。

瘀血犯头：多因久痛入络，血滞不行；或有外伤、败血瘀结于脉络，致不通则痛。

痰浊犯头：多因平素饮食不节，脾胃运化失调，痰浊内生，痰浊为阴邪，上蒙清窍。

【辨证治疗】

一、风寒犯头

症状：头痛时作，痛连项背，或有紧束感，遇风寒尤剧，恶风畏寒，骨节疼痛，口不渴，舌苔薄白，脉浮紧。

治则：疏风散寒。

取穴：1.耳中、胰胆、额。

　　　2.膀胱、枕、颞、额、肺。

二、风热犯头

症状：头痛而胀，遇热加重，发热恶风，面红目赤，咽喉肿痛，口渴欲饮，舌尖红，苔薄黄，脉浮数。

治则：疏风清热。

取穴：1.角窝上、外耳、枕、大肠。

2.皮质下、缘中、肾上腺放血。

三、风湿犯头

症状：头痛如裹，阴雨加重，胸闷不舒，脘满纳呆，肢体困重，或有溲少便溏，舌苔白腻，脉濡或滑。

治则：祛风胜湿。

取穴：1.风溪、口、耳中。

2.脾、内分泌、三焦、缘中。

四、肝阳上扰

症状：头痛而眩，偏于两侧或连巅顶，烦躁易怒，怒则加重，耳鸣失眠，或有胁痛，口干面红，舌红少苔，或苔薄黄，脉弦或细数。

治则：滋养肝肾。

取穴：1.脾、角窝中、耳中。

2.肝、肾、缘中、颞。

五、脾气亏虚

症状：头部空痛，遇劳则甚，身倦无力，厌食，气短便溏，舌苔薄白，脉虚无力。

治则：补中益气。

取穴：1.口、三焦、肾。

2.脾、心、脑干。

六、阴血亏虚

症状：隐隐头痛，头晕，心悸少寐，目涩昏花，面色白，唇舌色淡，脉细弱。

治则：双补气血。

取穴：1.大肠、脾、耳迷根。

2.心、脾、神门、肾、缘中。

七、瘀血犯头

症状：头痛经久不愈，痛处固定不移，痛如锥刺，或有头部外伤史，舌质紫，脉细或细涩。

治则：活血化瘀，通络。

取穴：1.耳中、皮质下、耳尖。

　　　2.耳中、肝、心、缘中、神门。

八、痰浊犯头

症状：头痛昏蒙，眩晕，胸闷脘痞，呕恶痰涎，纳呆，舌苔白腻，脉弦滑。

治则：化痰止痛。

取穴：1.耳中、口、耳迷根、枕。

　　　2.胃、脾、脑干、肝。

第二节　偏头痛

偏于一侧的局部头痛，谓之偏头痛。偏头痛往往比较顽固，不易速愈，但与一般头痛在临床上不能截然分开。

【病因病机】

肝阳上扰：多因情志不遂，肝郁化火，日久伤阴；或因平素肝肾阴虚，肝阳独亢，上扰清窍，则作偏头痛，常随情志波动而加剧。

瘀血犯头：多由气郁而致血瘀；或病程较长，则久病入络，瘀阻脉络。

寒饮内停：多由脾阳素虚，运化无力，水湿内停而为痰饮。寒饮阻塞经络，清阳不得上升，则头部昏沉而痛；脾主四肢，脾阳不振不能温达四末，则四肢逆冷。

【辨证治疗】
一、肝阳上扰

症状：胀痛而眩晕，目涩耳鸣，心烦易怒，夜寐不宁，或有胁痛，口干面赤，舌红少苔，脉弦或细数。

治则：养阴平肝。

取穴：1.角窝上、耳中、神门。

　　　2.肝、肝阳、颞、神门。

二、瘀血犯头

症状：病程较长，痛有定处，其痛如针刺，健忘心悸，妇女有月经失调，舌质紫暗，或有紫斑，脉弦或沉涩。

治则：活血通络。

取穴：1.耳中、角窝上、皮质下。

2.肝、耳中、颞、枕。

三、寒饮内停

症状：昏沉而痛，胸脘满闷，呕恶吐涎，或胃痛喜温，四肢逆冷，厌食，舌苔白腻，脉弦滑。

治则：温中降逆。

取穴：1.肝、肾、脑干。

2.脾、肾、颞、神门。

第三节　脑鸣

脑鸣是自觉头脑中有声音鸣响的症状。相当于西医学中的神经性耳鸣。

【病因病机】

髓亏：体质素虚，年老肾衰，或纵欲伤精，久病肾亏，皆令肾精亏损，不能生髓，则脑髓空虚而作鸣。

心脾两虚：起于劳倦过度或久病亏损，气血亏虚，不能上荣清窍，故脑鸣，眩晕。

湿热蕴蒸：起于过食厚味醇酒，日久湿热蕴积，上壅头部，瘀滞经络，酿成肿物，出现脑鸣。

肝气郁滞：起于盛怒之后，肝气郁滞，升降失调，清窍不利，故作脑鸣。

【辨证治疗】

一、髓亏

症状：脑鸣，头脑空痛，腰酸腿软，遗精头晕，耳鸣目眩，舌淡少苔，脉沉细弱。

治则：滋补肾精。

取穴：外生殖器、外耳、三焦。

二、心脾两虚

症状：脑鸣眩晕，少寐多梦，气短乏力，心悸健忘，纳呆食少，或便溏浮肿，舌质淡，苔薄白，脉濡细。

治则：补益心脾。

取穴：心、口、耳迷根、枕、神门。

三、湿热蕴蒸

症状：脑鸣头痛，头重如裹，肢酸困倦，眩晕，呕恶纳呆，或头生肿物，尿少而黄，舌质红，苔黄腻，脉滑数。

治则：清热化湿，解毒行瘀。

取穴：角窝上、脾、口、三焦、外耳。

四、肝气郁滞

症状：脑鸣每遇恼怒为甚，两胁胀痛，心烦急躁，胸闷不舒，时作太息，口苦咽干，舌尖红，苔薄白或薄黄，脉弦。

治则：疏肝解郁。

取穴：大肠、肝、脾、耳中、胰胆。

第四节　不寐

不寐，是指经常性的睡眠减少，或不易入睡，或寐而易醒，醒后不能再睡，甚或彻夜不眠。多见于西医学中的神经衰弱、神经性失眠。

【病因病机】

肝郁化火：情志所伤，肝失条达，气郁不舒，郁而化火，火性炎上，扰动心神，神不安宁，以致不寐。

痰热内扰：饮食不节，肠胃受伤，宿食停滞，酿为痰热；或脾虚运化失常，聚湿生痰，痰热上扰，以致不寐。

阴虚火旺：素体阴虚，或久病之人，肾阴耗伤，不能上奉于心，水不济火，则心阳独亢；或五志过极，心火内炽，不能下交于肾，阴虚阳亢，热扰神明，神志不宁，因而不寐。

心脾两虚：思虑劳倦过度，伤及心脾，心伤则阴血暗耗，神不守舍；脾伤则食少纳呆，生化之源不足，营血亏虚，不能上奉于心，以致心神不安而致不寐。

心胆气虚：心虚胆怯，决断无权，遇事易惊，心神不安，而致不寐。亦有因暴受惊骇，情绪紧张，终日惕惕，渐至心虚胆怯而不寐。

不寐的原因很多，但总是与心脾肝肾及阴血不足有关，其病理变化，总属阳盛阴衰，阴阳失交。因为血之来源，由水谷之精微所化，上奉于心，则心得所养；受藏于肝，则肝体柔和；统摄于脾，则化生不息；调节有度，化而为精，内藏于肾，肾精上承于心，心气下交于肾，则神志安宁。若暴怒、思虑、忧郁、劳倦等伤及诸脏，精血内耗，彼此影响，每多形成顽固性不寐。所以，不寐之证以虚者为多。

【辨证治疗】

一、肝郁化火

症状：心烦不能入睡，烦躁易怒，胸闷胁痛，头痛，面红目赤，口苦，便秘尿黄，舌红，苔黄，脉弦数。

治则：疏肝泄火，镇心安神。

取穴：1.胰胆、肝、心、额、耳中、神门。

2.神门、耳背心、耳背肾、胰胆、耳背肝、耳中。

二、痰热内扰

症状：睡眠不安，心烦懊恼，胸闷脘痞，口苦痰多，头晕目眩，舌红，苔黄腻，脉滑或滑数。

治则：清热化痰，和中安神。

取穴：1.心、脾、神门、外耳、口、三焦、胃。

2.三焦、脾、肝、交感、胃。

三、阴虚火旺

症状：心烦不寐，或时寐时醒，手足心热，头晕耳鸣，心悸，健忘，颧红潮热，口干少津，舌红，少苔，脉细数。

治则：滋阴降火，养心安神。

取穴：1.耳中、肝、肾、神门、枕、皮质下。

2.内分泌透三焦、肝、神门、肾。

四、心脾两虚

症状：多梦易醒，或蒙眬不实，心悸健忘，头晕目眩，神疲乏力，面色不华，舌淡，苔薄，脉细弱。

治则：补益心脾，养血安神。

取穴：1.心、脾、神门、口、三焦、脑干、枕。

2.耳背脾、大肠、皮质下、耳背心。

五、心虚胆怯

症状：夜寐多梦易惊，心悸胆怯，舌淡，苔薄，脉弦细。

治则：益气镇惊，安神定志。

取穴：1.皮质下、心、胰胆、神门。

　　　2.胰胆、垂前、耳背肾、耳背心。

第五节　中风

中风是由于气血逆乱，导致脑脉痹阻或血溢于脑。以昏仆、半身不遂、肢麻、舌蹇等为主要临床表现。多见于西医学中的脑血管病。

【病因病机】

中风之发生，主要因素在于患者平素气血亏虚，与心、肝、肾三脏阴阳失调，加上忧思恼怒，或饮酒饱食，或房事劳累等诱因，以致气血运行受阻，肌肤筋脉失于濡养；或阴亏于下，肝阳暴张，阳化风动，血随气逆，挟痰挟火，横窜经络，蒙蔽清窍，而形成上实下虚，阴阳互不维系的危急证候。

积损正衰：年老体衰，肝肾阴虚，肝阳偏亢；或思虑劳倦过度，气血亏损，真气耗散，复因将息失宜，致使阴亏于下，肝阳暴亢，阳化风动，气血上逆，上蒙元神，突发本病。

饮食不节：嗜酒肥甘，饥饱失宜，或形盛气弱，中气亏虚，脾失健运，聚湿生痰，痰郁化热，阻滞经络，蒙蔽清窍；或肝阳素旺，横逆犯脾，脾运失司，内生痰浊；或肝火内炽炼液成痰，以致肝风挟痰挟火，横窜经络，蒙蔽清窍，突然昏仆，而发本病。

情志所伤：五志过极，心火暴盛，或素体阴虚，水不涵木，复因情志所伤，肝阳暴动，引动心火。风火相煽，气血上逆，心神昏冒，遂至卒倒，发生本病。

综上所述，中风之发生，病机虽较复杂，但归纳起来不外虚、火、风、痰、气、血六端，其中以肝肾阴虚为其根本，此六端在一定条件下，互相影响，相互作用，而突然发病。

【辨证治疗】

中经络

一、肝阳暴亢

症状：半身不遂，舌强语蹇，口舌歪斜，眩晕头痛，面红目赤，心烦易怒，口苦咽干，便秘尿黄，舌红或绛，苔黄或燥，脉弦有力。

治则：平肝潜阳。

取穴：1.肝、肾、缘中、皮质下、上耳根、下耳根、耳迷根。

2.肺、肾、肝、相应部位、上耳根、下耳根、耳迷根。

二、风痰阻络

症状：半身不遂，口舌歪斜，舌强语謇，肢体麻木或手足拘急，头晕目眩，舌苔白腻或黄腻，脉弦滑。

治则：祛风痰，通经络。

取穴：1.脾、肝、上耳根、下耳根、耳迷根、枕、缘中。

2.肾、外耳、膀胱、相应部位、上耳根、下耳根、耳迷根。

三、痰热腑实

症状：半身不遂，舌强不语，口舌歪斜，口黏痰多，腹胀便秘，午后面红烦热，舌红，苔黄腻或灰黑，脉弦滑大。

治则：清腑实，泄痰热。

取穴：1.上耳根、下耳根、耳迷根、耳中、胃、缘中。

2.胃、相应部位、上耳根、下耳根、耳迷根。

四、气虚血瘀

症状：半身不遂，肢体软弱，偏身麻木，舌歪语謇，手足肿胀，面色淡白，气短乏力，心悸自汗，舌质暗淡，苔薄白或白腻，脉细缓或细涩。

治则：补气活血通络。

取穴：1.心、脾、口、三焦、耳中、上耳根、下耳根、耳迷根。

2.脾、心、耳中、相应部位、上耳根、下耳根、耳迷根。

五、阴虚风动

症状：半身不遂，肢体麻木，舌强语謇，心烦失眠，眩晕耳鸣，手足拘挛或蠕动，舌红或暗淡，苔少或光剥，脉弦细或数。

治则：滋阴养血熄风。

取穴：1.肝、肾、上耳根、下耳根、耳迷根、外耳。

2.肾、肝、心、脑干、相应部位、上耳根、下耳根、耳迷根。

中脏腑
一、风火蔽窍

症状：突然晕倒，不省人事，两目斜视或直视，面红目赤，肢体强直，口噤，项强，两手紧握拘急，甚则抽搐，角弓反张，舌红或绛，苔黄而燥或焦黑，脉弦数。

治则：熄风泄火，醒脑开窍。

取穴：1.心、肝、上耳根、下耳根、耳迷根、缘中、肾上腺。

　　　2.胰胆、耳中、肾、脑干、上耳根、下耳根、耳迷根、相应部位。

二、痰火闭窍

症状：突然晕倒，昏愦不语，躁忧不宁，肢体强直，痰多息促，两目直视，鼻鼾身热，大便秘结，舌红，苔黄厚腻，脉滑数有力。

治则：清泄痰火，醒脑开窍。

取穴：1.心、脾、皮质下、耳中、上耳根、下耳根、耳迷根。

　　　2.胃、耳中、肝、脑干、上耳根、下耳根、耳迷根、相应部位。

三、痰湿蒙窍

症状：突然神昏迷睡，半身不遂，肢体瘫痪不收，面色晦垢，痰涎涌盛，四肢逆冷，舌质暗淡，苔白腻，脉沉滑或缓。

治则：健脾祛痰，醒脑开窍。

取穴：1.脾、口、耳中、缘中、肾、肾上腺。

　　　2.胃、脾、耳中、缘中、上耳根、下耳根、耳迷根、相应部位。

四、元气衰败

症状：神昏，面色苍白，瞳孔散大，手撒肢逆，二便失禁，气息短促，多汗肤凉，舌淡紫或萎缩，苔白腻，脉散或微。

治则：益气回阳固脱。

取穴：1.枕、肾、脾、上耳根、下耳根、耳迷根、三焦。

　　　2.肾、外耳、三焦、上耳根、下耳根、耳迷根。

第六节　眩晕

眩晕由风阳上扰、痰瘀内阻等导致脑窍失养，脑髓不充。以头晕目眩、视物旋转为主要表现。多见于西医学中的内耳性眩晕症、颈椎病、椎—基底动脉系统血管病、高血压、脑动脉硬化、贫血。

【病因病机】

风阳上扰：素体阳盛，肝阳上亢，或因长期忧郁恼怒，气郁化火，使肝阴暗耗，风阳升动，上扰清空，或肾阴素亏，肝失所养，以致肝阴不足，肝阳上亢，火盛生风，风阳上扰发为眩晕。

痰浊上蒙：嗜酒肥甘，饥饱劳倦，伤于脾胃，健运失司，以致水谷不化精微，聚湿生痰，痰浊上蒙而发眩晕。

气血亏虚：久病不愈，耗伤气血，或失血之后，虚而不复，或脾胃虚弱，不能健运水谷以化生气血，以致气血两虚，气虚则清阳不展，血虚则脑失所养，皆能发生眩晕。

肝肾阴虚：肾为先天之本，藏精生髓，若先天不足，肾阴不充，或年老肝肾亏虚，或久病伤肾，或房劳过度，导致肾精亏耗，肾阴亏虚，肝失所养，而致肝阴不足，肝肾阴虚，脑失所养而发眩晕。

【辨证治疗】

一、风阳上扰

症状：眩晕耳鸣，头痛且胀，易怒，失眠多梦，或面红目赤，口苦，舌红，苔黄，脉弦滑。

治则：平肝潜阳，滋养肝肾。

取穴：1.肝、肾、神门、额、外耳、耳中。

　　　2.肝、心、肾、缘中、神门。

二、痰浊上蒙

症状：头重如裹，视物旋转，胸闷作恶，呕吐痰涎，苔白腻，脉弦滑。

治则：健脾祛痰。

取穴：1.脾、胃、耳中、枕、角窝上。

　　　2.肝、脾、胃、耳中、缘中。

三、气血亏虚

症状：头晕目眩，面色淡白，神倦乏力，心悸少寐，舌淡，苔薄白，脉弱。

治则：补养气血。

取穴：1.心、脾、枕、口、三焦。

　　　2.耳迷根、心、脾、神门。

四、肝肾阴虚

症状：眩晕久发不已，视力减退，少寐健忘，心烦口干，耳鸣，神倦乏力，腰酸膝软，舌红，苔薄，脉弦细。

治则：滋补肝肾。

取穴：1.肝、肾、神门、外生殖器、颞。

　　　2.肝、肾、外耳、耳迷根。

第七节　头风

头风是由肝阳上亢，痰瘀互结而致清阳不升，或浊邪上犯，清窍失养，以头部疼痛为主要表现的病症。多见于西医学中的血管神经性头痛、高血压病、脑动脉硬化。

【病因病机】

脑为髓之海，主要依赖肝肾精血濡养，以及脾胃运化水谷之精微，输布气血上充于脑，故头风之发病原因，与肝、脾、肾三脏有关。因于肝者，一因情志所生，肝失疏泄，郁而化火，上扰清空；一因火盛伤阴，肝失濡养，或肾水不足，水不涵木，导致肝肾阴亏，肝阳上亢，上扰清空而致。因于肾者，多由禀赋不足，肾精久亏，脑髓空虚而致；亦可阴损及阳，肾阳衰微，清阳不展，而为头痛。因于脾者，多系饥饱劳倦，或病后、产后体虚，脾胃虚弱，生化不足，或失血之后，营血亏虚，不能上荣于脑髓脉络；或饮食不节，嗜酒肥甘，脾失健运，痰湿内生，上蒙清空，阻遏清阳而致头痛。还有因久病入络，或外伤跌仆，气滞血瘀，脉络瘀阻，不通则痛而发生头痛。

【辨证治疗】

一、肝阳上亢

症状：头痛而胀或抽掣而痛。痛时常有烘热，面红耳赤，耳鸣如蝉，心烦口干，舌红，苔薄黄，脉弦。

治则：平肝潜阳。

取穴：1.肝、肾、耳中、枕、角窝上、外耳。
　　　2.耳尖放血。

二、痰浊上扰

症状：头痛胀重，或兼目眩，胸闷脘胀，恶心食少，痰多黏白，舌苔白腻，脉弦滑。

治则：健脾化痰降逆。

取穴：1.脾、三焦、耳中、内分泌。
　　　2.耳尖放血。

三、瘀阻脑络

症状：头痛反复，经久不愈，痛处固定，痛如锥刺，舌紫暗或有瘀斑，苔薄白，脉细弦或细涩。

治则：活血化瘀。

取穴：1.心、耳中、角窝上、神门、皮质下。

2.耳尖放血。

四、气血亏虚

症状：头痛绵绵，两目畏光，午后更甚，神疲乏力，面色㿠白，心悸少寐，舌淡，苔薄，脉弱。

治则：补气养血。

取穴：心、脾、三焦、耳中、口、耳迷根。

五、肝肾阴虚

症状：头痛眩晕，时轻时重，视物模糊，五心烦热，口干，腰酸腿软，舌红少苔，脉弦细。

治则：滋补肝肾。

取穴：肝、肾、外生殖器、耳中、外耳。

第八节　郁病

郁病因情志不舒，气机郁滞而致病，以抑郁善忧，情绪不宁，或易怒善哭为主症。多见于西医学中的神经症、癔症。

【病因病机】

郁病的发生，是由于情志所伤，肝气郁结，逐渐引起五脏气机不和所致，但主要是肝、脾、心三脏受累以及气血失调而成。郁怒不畅，使肝失条达，气失疏泄，而致肝气郁结；气郁日久可以化火，上扰心神；情志不遂，肝郁抑脾，耗伤心气，营血渐耗，心失所养，神失所藏，则可形成忧郁伤神，而致心神不安；若久郁伤脾，饮食减少，生化乏源，则气血不足，心脾两虚，郁久化火易伤阴血，累及于肾，阴虚火旺，由此发展可成种种虚损之候。

总之，郁病的发生，因郁怒、思虑、悲哀、忧愁七情之所伤，导致肝失疏泄，脾失运化，心神失常，脏腑阴阳气血失调而成。初起多属实证，久病由气及血，由实转虚，则以虚证为多。

【辨证治疗】

一、肝气郁结

症状：精神抑郁，胸胁作胀，或脘痞，嗳气频作，善太息，月经不调，舌苔薄白，脉弦。

治则：疏肝理气解郁。

取穴：1.肝、大肠、耳中、内分泌。

   2.耳中、肝、皮质下。

二、气郁化火

症状：急躁易怒，胸闷胁胀，头痛目赤，口苦，嘈杂反酸，便结尿黄，舌红，苔黄，脉弦数。

治则：清肝泻火解郁。

取穴：1.肝、胆、大肠、耳中、三焦、神门。

   2.肝阳、耳中、三焦。

三、忧郁伤神

症状：神志恍惚不安，心胸烦闷，多梦易醒，悲忧善哭，舌尖红，苔薄白，脉弦细。

治则：行气开郁，养心安神。

取穴：1.心、肝、耳中、神门、额。

   2.神门、心、肝阳、耳中。

四、心脾两虚

症状：善思多虑不解，胸闷心悸，失眠健忘，面色萎黄，头晕，神疲倦怠，易汗出，纳谷不香，舌淡，苔薄白，脉弦细或细数。

治则：健脾养心，益气补血。

取穴：1.心、脾、口、三焦、交感。

   2.心、脾、耳中、口、神门。

五、阴虚火旺

症状：病久虚烦少寐，烦躁易怒，头晕心悸，颧红，手足心热，口干咽燥，或见盗汗，舌红，苔薄，脉弦细或细数。

治则：滋阴清热安神。

取穴：1.肝、肾、肾上腺、耳中、心。

   2.心、肾、肝、跟、外耳。

第九节 癫病

癫病因情志内伤，脏腑功能失调，致痰气郁结，蒙蔽心窍所发。以精神抑郁，表情淡漠，沉默痴呆，语无伦次，静而少动为特征。多见于西医学中的抑郁症、单纯型或偏执型精神分裂症、强迫症。

【病因病机】

痰气郁结：由于思虑太过，所求不得，肝气被郁，脾气不升，气郁痰结，阻蔽神明而发癫病。

心脾两虚：思虑过度，劳伤心脾，心伤则阴血暗耗，神不守舍；脾伤则运化失常，生化之源不足，营血亏虚，不能上奉于心，心神失养，神无所主，发为癫病。

气虚痰结：素体脾虚，运化失常，聚湿生痰，气虚痰结，蒙蔽神明，发为癫病。

阴虚火旺：久病体虚，或房劳过度，伤及肾阴，或水不济火，虚火妄动，上扰心神而致癫病。

【辨证治疗】

一、痰气郁结

症状：精神抑郁，神志呆钝，胸闷叹息，忧虑多疑，自语或不语，不思饮食，舌苔薄白而腻，脉弦细或弦滑。

治则：理气解郁，化痰开窍。

取穴：1.肝、脾、耳中、胃、皮质下。

　　　2.胃、耳中、肝、脾、内分泌、三焦、脑干。

二、心脾两虚

症状：神志恍惚，言语错乱，心悸易惊，善悲欲哭，夜寐不安，食少倦怠，舌质淡，苔白，脉细弱。

治则：健脾养心，益气安神。

取穴：1.心、脾、神门、耳中、肺。

　　　2.胃、心、脾、神门、三焦、皮质下。

三、气虚痰结

症状：精神抑郁，淡漠少语，甚则目瞪若呆，妄闻妄见，面色萎黄，便溏溲清，舌质淡，舌体胖，苔白腻，脉滑或脉弱。

治则：健脾益气，豁痰散结。

取穴：1.脾、肝、胃、耳中、脑干、皮质下。
　　　2.耳中、胃、内分泌、三焦、缘中。

四、阴虚火旺

症状：神志恍惚，多言善惊，心烦易躁，不寐，形瘦面红，口干，舌质红，少苔或无苔，脉细数。

治则：滋阴清热，镇惊安神。

取穴：1.心、肾、神门、角窝中、内分泌。
　　　2.心、肾、皮质下、三焦。

第十节　狂病

狂病因七情化火，煎熬津液为痰，痰热壅盛，迷塞心窍所致。以精神亢奋，躁扰喧狂不宁，毁物打骂，动而多怒为特征。多见于西医学中的躁狂症、青春型精神分裂症。

【病因病机】

痰火扰神：饮食不节，肠胃受伤，宿食停滞，酿成痰热，壅遏于中，痰火上扰清窍，蒙蔽心神，神志逆乱，发为狂病。

火盛伤阴：素体阳盛之人，或因情志不畅，肝气郁结，郁而化火，阳热亢极，伤及真阴，阴不敛阳，火邪上扰清窍，神志逆乱，发为狂病。

气血瘀滞：情志不畅，肝气郁结，日久气滞血瘀，瘀血内阻，使脑气与脏腑之气不相连接而发狂。

【辨证治疗】
一、痰火扰神

症状：彻夜不眠，头痛躁狂，两目怒视，面红目赤，甚则狂乱莫制，骂人毁物，逾垣上屋，高歌狂呼，舌质红绛，苔多黄腻或黄燥，脉弦大滑数。

治则：清胃泻火，镇心涤痰。

取穴：1.胃、脾、耳中、额、神门。
　　　2.耳中、胃、肾、神门。

二、火盛伤阴

症状：狂躁日久，病势较缓，时而烦躁不安，时而多言善惊，恐惧不安，形瘦面红，心烦不寐，口干唇红，舌质红，无苔，脉细数。

治则：滋阴降火，安神定志。

取穴：1. 肝、胃、心、神门、耳中、内分泌。

2. 外耳、肝、心、肾、胃、皮质下。

三、气血瘀滞

症状：躁扰不安，恼怒多言，甚则登高而歌，或妄闻妄见，面色暗滞，胸胁满闷，头痛心悸，舌质紫暗有瘀斑，脉弦数或细涩。

治则：活血化瘀，安神定志。

取穴：1. 肝、心、耳中、神门、肾上腺、内分泌。

2. 耳中、胃、肝、神门、脑。

第十一节　痫病

痫病由痰、火、瘀以及先天等原因，致气血逆乱，清窍蒙蔽而发病，是以卒然昏仆，强直抽搐，移时自醒，醒后如常人为特征的发作性疾病。多见于西医学中的癫痫，包括原发性和继发性癫痫。

【病因病机】

痰火扰神：肝火偏旺，火动生风，煎熬津液，结而为痰，风动痰升，阻塞心窍，发为痫病。

血虚风动：素体阴血不足，或脾胃虚弱，生化不足，或失血以后，营血亏虚，血虚生风，蒙蔽清窍，而发痫病。

风痰闭窍：由于突受大惊大恐，造成气机逆乱，进而损伤脏腑，脾胃受损，则精微不布，痰浊内聚，经脉失调，一遇诱因，如随风而动，则蒙蔽心神清窍，发为痫病。

瘀阻脑络：由于跌仆撞击，或出生时难产，均能导致颅脑受伤，瘀血阻络，经脉不畅，脑神失养，则神志逆乱，昏不知人，气血瘀阻，则络脉不和，肢体抽搐，遂发痫病。

心脾两虚：思虑过度，劳伤心脾，心伤阴血暗耗，脾伤生化之源不足，营血亏虚，血虚生风，蒙蔽心窍，而发痫病。

肝肾阴虚：素体肝肾不足，或情志所伤，肝失疏泄，郁而化火，火盛伤阴，肝失濡养，或肾水不足，水不涵木，导致肝肾阴亏，阴不敛阳则生热生风，蒙蔽心神清窍，发为痫病。

【辨证治疗】

一、痰火扰神

症状：卒然仆倒，不省人事，四肢强痉拘挛，口中有声，口吐白沫，烦躁不安，气高息粗，痰鸣漉漉，口臭便干，舌质红或暗红，苔白腻，脉弦滑。

治则：清泄痰火，开窍宁神。

取穴：1.肝、脾、胃、耳中、口、神门。

　　　2.耳中、胃、肝、肾、皮质下、三焦。

二、血虚风动

症状：或卒然仆倒，或面部烘热，或两目瞪视，或局限性抽搐，或四肢抽搐无力，手足蠕动，二便自遗，舌质淡，少苔，脉细弱。

治则：滋阴养血，熄风止痉。

取穴：1.心、脾、肝、大肠、耳中、肝阳。

　　　2.耳中、耳背心、耳背脾、耳背肝、耳背肾。

三、风痰闭窍

症状：发则卒然昏仆，目睛上视，口吐白沫，手足抽搐，喉中痰鸣，舌质淡红，苔白腻，脉滑。

治则：熄风化痰开窍。

取穴：1.肝、脾、耳中、皮质下。

　　　2.肝、胃、肾、缘中、内分泌、三焦。

四、瘀阻脑络

症状：发则卒然昏仆，瘛疭抽搐，或单以口角、眼角、肢体抽搐，颜面口唇青紫，舌质紫暗或有瘀点，脉弦或涩。

治则：活血通络，醒脑开窍。

取穴：1.心、枕、皮质下、脑干、肝。

　　　2.肝、肾、心、胃、耳中、三焦。

五、心脾两虚

症状：久发不愈，卒然昏仆，或仅头部下垂，伴面色苍白，口吐白沫，四肢抽搐无力，口噤目闭，二便自遗，舌质淡，苔白，脉弱。

治则：补益心脾，开窍止痉。

取穴：1.心、脾、口、三焦、肾。

　　　2.耳背心、耳背脾、耳背肾、皮质下。

六、肝肾阴虚

症状：发则卒然昏仆，或失神发作，或语塞，四肢逆冷，肢搐瘈疭，手足蠕动，健忘失眠，腰膝酸软，舌质红绛，少苔或无苔，脉弦细数。

治则：滋补肝肾，柔筋止痉。

取穴：1. 肝、肾、外生殖器、角窝中。

2. 肝、肾、外耳。

第十二节　胁痛

胁痛是以一侧或两侧胁肋疼痛为主要临床表现的病证。多见于西医学中的肋间神经痛、肝胆结石、胆道蛔虫病等。

【病因病机】

肝居胁下，其经脉布于两胁，胆附于肝，其脉亦循于胁，故胁痛之病，主要责于肝胆。又肝主疏泄，性喜条达，所以情志失调，肝气郁结；或气郁日久，气滞血瘀，瘀血停积；或精血亏损，肝阴不足，络脉失养；或脾失健运，湿热内郁，疏泄不利等，均可导致胁痛。

肝气郁结：情志抑郁，或暴怒伤肝，肝失条达，疏泄不利，气阻络痹，而致胁痛。

瘀血停着：气郁日久，血流不畅，瘀血停积，胁络痹阻；或强力负重，胁络受伤，瘀血停留，阻塞胁络，致使胁痛。

肝胆湿热：外湿内侵，或饮食所伤，脾失健运，痰湿中阻，气郁化热，肝胆失其疏泄条达，导致胁痛。

肝阴不足：久病或劳欲过度，精血亏损，肝阴不足，血虚不能养肝，筋脉失养，则出现胁痛。

【辨证治疗】

一、肝气郁结

症状：胁痛以胀痛为主，走窜不定，疼痛每因情志变化而增减，胸闷气短，饮食减少，嗳气频作，苔薄，脉弦。

治则：疏肝理气。

取穴：1. 肝、胆、脾、三焦。

2. 肝、胰胆、耳背脾。

二、瘀血停着

症状：胁肋刺痛，痛有定处，入夜更甚，胁肋下或见癥块，舌质紫暗，脉沉涩。

治则：活血祛瘀。

取穴：1.肝、心、三焦、耳中、神门。

　　　2.耳中、三焦、神门。

三、肝胆湿热

症状：胁痛口苦，胸闷纳呆，恶心呕吐，目赤或目黄，身黄，小便黄赤，舌苔黄腻，脉弦滑数。

治则：清热利湿。

取穴：1.肝、胰胆、神门。

　　　2.耳背肝、胰胆、胸。

四、肝阴不足

症状：胁肋隐痛，悠悠不休，遇劳加重，口干咽燥，心中烦热，头晕目眩，舌红少苔，脉弦细而数。

治则：滋补肝阴。

取穴：1.肝、肾、脾、外耳、内分泌、肾上腺。

　　　2.耳背肝、耳背肾、三焦、外耳。

第十三节　面痛

面痛，也称面风痛，是指面颊抽掣疼痛而言。本病多发于一侧，亦有少数两侧俱痛者。发病年龄以 40 ~ 60 岁为多，初起每次疼痛时间较短，发作间隔时间较长，久则发作次数越来越频，疼痛程度越来越重，病情顽固，自愈者极少。多见于西医学中的三叉神经痛。

【病因病机】

风寒：风寒之邪袭于阳明经脉，寒性收引，凝滞筋脉，气血痹阻而致面痛。

风热：风热病毒，侵淫面部，影响筋脉气血运行而致面痛。

面痛其疼痛突然发作，呈阵发性、放射性、电击样剧痛，如撕裂、针刺、火灼一般，极难忍受，常用手紧按或搓揉患部来减轻疼痛。每次疼痛时间很短，数秒钟至数分钟后自行缓解，但连续在数小时或数天内反复发作，不痛时间短可几日，长可数年，周期不定。疼痛部位以面颊上、下颌部为多，额部较为少见。疼痛常有一起因，可因吹风、洗脸、说话、吃饭等刺激而发作。

【辨证治疗】

一、风寒

症状：多有面部受寒，痛处遇寒则甚，得热则轻，鼻流清涕，苔白，脉浮。
治则：祛风散寒。
取穴：1.大肠、面颊、心、肺。
　　　2.胃、大肠、皮质下、面颊、外耳、肾。

二、风热

症状：多在感冒发热之后，痛处有灼热感，流泪，目赤，流涎，舌苔薄黄，脉数。
治则：疏风清热。
取穴：1.面颊、耳尖、神门、肝。
　　　2.上耳根、下耳根、耳迷根、面颊。

第十四节　面瘫

面瘫，俗称口眼歪斜，任何年龄均可发病，但以青壮年为多见，本病发病急速，为单纯性的一侧面颊筋肉弛缓，无半身不遂、神志不清等症状。常见于西医学中的周围性面神经麻痹、周围性面神经炎。

【病因病机】

本病多由络脉空虚、风寒风热之邪乘虚侵袭面部筋脉，以致气血阻滞、肌肉纵缓不收而成面瘫。

面瘫起病突然，每在睡眠醒来时，发现一侧面部板滞、麻木、瘫痪，不能做蹙额、皱眉、露齿、鼓颊等动作，口角向健侧歪斜，漱口漏水，进餐时食物常常停滞于病侧齿颊之间，病侧额纹、鼻唇沟消失，眼睑闭合不全，迎风流泪。少数患者初起有耳后、耳下及面部疼痛。严重时还可出现患侧舌前2/3味觉减退或消失，听觉过敏等症。

【辨证治疗】

一、风寒

症状：有面部受寒因素，遇寒病情加重，得热面部感到舒服，舌淡，苔薄白，脉浮。

治则：祛风散寒，通经活络。

取穴：1.肺、口、面颊、神门、皮质下。

　　　2.面颊、胃、大肠、耳迷根。

二、风热

症状：往往继发于感冒发热、中耳炎、牙龈肿痛之后，伴有耳内、乳突轻微作痛，舌红，苔薄，脉浮数。

治则：疏风清热，通经活络。

取穴：1.肺、耳中、胃、耳尖、屏尖、面颊。

　　　2.面颊、三焦、皮质下、耳迷根。

第十五节　面肌痉挛

面肌痉挛又称半面痉挛或面肌抽搐，是指一侧面部肌肉不自主、不规则地阵发性抽搐。多发生于中年及老年人，尤以妇女多见。

【病因病机】

祖国医学认为，本病是由于正气不足，气血亏虚，面部经筋失养；或肝肾阴虚，内风、内火上扰面部所致。其病位在面部经筋，与肝、脾、胃、肾有关，病性或虚或实，或虚实兼见。

现代医学对本病的发病原因尚不清楚，多认为是面神经在内耳门附近受小脑后下动脉分支压迫所致，造成传入感觉纤维与传出感觉纤维发生"短路"，激活运动纤维引起面肌痉挛。少数可为面神经炎的后遗症。

【辨证治疗】

一、气血亏虚

症状：颜面抽搐，有虫蚁游走感，伴眩晕，乏力自汗，面色无华；舌淡而嫩，脉细弱。

治则：濡养经筋，熄风止痉。

取穴：肝、脾、胃、耳中、枕、外耳。

二、肝肾阴虚

症状：颜面肌肉微微抽动，时发时止，伴耳鸣健忘，腰膝酸软；舌红少苔，脉细数。

治则：滋养肝肾，熄风止痉。

取穴：肝、脾、胃、肾上腺、口、缘中、外耳。

第十六节　痉证

痉证是以项背强急、口噤、四肢抽搐、甚则角弓反张为主要表现的病证。多见于西医学中的流行性脑脊髓膜炎、流行性乙型脑炎、继发于各种传染病的脑膜炎以及各种原因引起的高热惊厥。

【病因病机】

痉证的病因病机，归纳起来，可分为外感和内伤两个方面。外感是风寒湿邪，侵袭人体，壅阻经络，气血不畅，或热盛动风，或热灼津液而致痉；内伤是阴虚血少，虚风内动，筋脉失养而致痉。但其导致发痉的病机，都是阴阳失调，阳动而阴不濡所致。

邪壅经络：风寒湿邪，壅滞经络，气血运行不利，筋脉失养，拘急而成痉。

热甚发痉：热甚于里，消灼津液，阴液被伤，筋脉失于濡养，引起痉证，或热病伤阴，邪热内传营血，热盛动风，引发痉证。

阴血亏损：素体阴虚血虚，或因失血，或因汗下太过，致使阴血损伤，难以濡养筋脉，发而成痉。

【辨证治疗】

一、邪壅经络

症状：头痛，项背强直，恶寒发热，肢体酸重，苔白腻，脉浮紧。

治则：祛风散寒止痉。

取穴：肺、肝、胰胆、皮质下、枕。

二、热甚发痉

症状：发热胸闷，口噤齘齿，项背强直，甚则角弓反张，手足挛急，腹胀便秘，咽干口渴，心烦急躁，甚则神昏谵语，苔黄腻，脉弦数。

治则：泄热存津，养阴止痉。

取穴：胃、心、胰胆、肾、外耳。

三、阴血亏虚

症状：头晕目眩，自汗，神疲，或在失血、汗下太过后出现项背强急，四肢抽搐，面白，短气，舌淡红，脉弦细，白睛可见心区脉络淡红而细。

治则：滋阴养血止痉。

取穴：心、脾、肾、口、三焦、胰胆。

第十七节　五心烦热

五心烦热是指两手心、足心发热及自觉心胸烦热，而体温有的升高，有的并不升高的一种虚烦发热症状。

【病因病机】

阴虚：五脏阴虚皆可出现五心烦热，尤以肺脾肾三脏阴虚多见。其中，肺阴虚每由"肺痨"久治不愈，肺阴耗伤所致。肝阴虚则由劳倦过度，或肝病久治不愈，耗血伤阴，肝阴既虚，肝胆之火偏旺。肾阴虚可由它脏阴虚累及，即所谓"穷必及肾"，或因房事不节，纵欲过度，肾精亏损则肾阴亦虚。临床上，肺、肝、肾三脏阴虚往往同时并见，互相影响。

血虚：常由肝脾两虚形成。脾为后天之本，散五谷之精气，化生气血，肝为藏血之脏，肝脾受损，生血、藏血失职，遂至血虚。

邪伏阴分：多由外感失治、误治，余邪留伏营阴所致。

火郁：多因枢机不利，阴郁不达，或外邪未解，过用寒凉，冰伏其邪，或过食冷物，抑遏胃阳，不得泄热所致。

【辨证治疗】

一、阴虚

症状：午后热甚，常欲手握冷物，卧时手脚喜伸被外，盗汗，遗精，颧红，腰膝酸软，口燥咽干，舌质殷红，光剥少苔，脉沉细数。

治则：滋阴养血，补肾固经，清热除蒸。

取穴：1.耳中、肝、肾、大肠、口。

　　　 2.外生殖器、内生殖器、三焦、肺、脾。

二、血虚

症状：午后自觉手足心热，小有烦劳则加重，神疲身怠，食少懒言，心烦，头晕目眩，舌质淡，脉细弱或细涩。

治则：调肝理脾。

取穴：1.口、三焦、肝、耳中。

　　　 2.大肠、胃、耳中、口。

三、邪伏阴分

症状：手足心热，心烦，眠差。有低热，暮热早凉，热退无汗，能食形瘦，舌质红少苔，脉弦细略数。

治则：滋阴透邪。

取穴：1. 耳中、脾、三焦。

2. 神门、脑干、肾上腺、耳中。

四、火郁

症状：胸闷，情志不舒，急躁易怒，头胀，口苦，尿赤，妇女则经行不畅，舌红，苔黄，脉沉数。

治则：清肝散火，解郁。

取穴：1. 脾、肝、心、胸、三焦。

2. 耳中、胰胆。

第十八节　自汗

自汗，是指人体不因劳累、不因天热及穿衣过暖和服用发散药物等因素而自然汗出而言。

【病因病机】

营卫不和：由于素体表虚，卫气不固，腠理失密；再因营阴不足，易感风邪，致使阴阳失调，开阖失司。

风湿伤表：由于风湿之邪侵袭肌表，伤及卫阳，或素体虚弱，复感风湿外邪，肌表受损，导致腠理时开时阖。

热炽阳明：为伤寒邪传阳明之症，发病不拘于夏季。为热证自汗。

暑伤气阴：为伤暑气阴亏耗之症，发生于夏季。为热证自汗。

气虚：主要责之心肺。因心主汗液，肺主一身之气，外合皮毛。由于心肺气虚，表卫不固，腠理不密，津液外泄，因而自汗常作。

阳虚：主要责之脾肾。因脾为气血生化之源，肾藏真阴而寓元阳，只宜固密。若脾肾阳气虚弱，阳不敛阴，则自汗出。

【辨证治疗】
一、营卫不和

症状：汗出恶风，周身酸楚，时寒时热，舌苔薄白，脉缓。

治则：调和营卫。

取穴：1.肾上腺、交感、肺。

　　　2.交感、脾、内分泌。

二、风湿伤表

症状：自汗断续，汗量不多，恶风畏寒，肢体重着麻木，小便短少，舌苔薄白，脉浮缓或濡滑。

治则：祛风胜湿，益气固表。

取穴：1.肾上腺、肾、胃。

　　　2.脾、风溪、心、内分泌。

三、热炽阳明

症状：自汗频出，汗量较多，高热面赤，烦渴引饮，舌苔黄燥，脉洪大有力。

治则：清热泻火。

取穴：1.屏尖、肾上腺、内分泌。

　　　2.胃、大肠、交感、内分泌。

四、暑伤气阴

症状：自汗频繁，汗量较多，烦渴引饮，胸膈痞闷，舌质红，苔黄而燥，脉洪大有力。

治则：清暑泄热，益气生津。

取穴：1.外耳、交感、耳中、口。

　　　2.心、脾、交感、耳尖。

五、气虚

症状：自汗常作，动则益甚，时时畏寒，气短气促，倦怠懒言，面色㿠白，平时不耐风寒，极易感冒，舌质淡，苔薄白，脉缓无力。

治则：补气，固表止汗。

取穴：1.胃、口、三焦。

　　　2.肺、心、肾上腺、交感。

六、阳虚

症状：自汗，动则加重，形寒肢冷，纳少腹胀，喜热饮，大便溏薄，面色萎黄或淡白，舌淡苔白，脉虚弱。

治则：温阳敛阴。

取穴：1.肝、脾、肾、交感。

2.肾、内分泌、脾、心。

第十九节　盗汗

盗汗，又称寝汗，是指入睡时汗出，醒来即止而言。

【病因病机】

心血不足：由于劳伤血亏，心血过耗，汗为心液，心血不足，则心气浮越，心液不藏而外泄，故盗汗常作。

阴虚内热：由于亡血失精，或肺痨久咳，导致阴血亏损，阴虚生内热，虚火盛而阴液不能敛藏，则盗汗频作。

脾虚湿阻：多因恣食生冷、酒醴肥甘，或饥饱失时，损伤脾胃，脾虚运化失常，湿浊内生，阻遏气机，升降失常而致盗汗常作。

邪阻半表半里：多见热性病的初中期阶段。多由外邪侵袭，表邪失于疏解，循传少阳，阻于半表半里，欲达不出，正邪交争，逼津于外。

【辨证治疗】
一、心血不足

症状：盗汗常作，心悸少寒，面色不华，气短神疲，舌淡苔薄，脉虚。

治则：补血养心，敛汗。

取穴：1.肝、耳迷根。

　　　2.心、肝、神门、交感。

二、阴虚内热

症状：盗汗频作，午后潮热，两颧发红，五心烦热，形体消瘦，女子月经不调，男子梦遗滑精，舌红少苔，脉细数。

治则：滋阴降火，敛汗。

取穴：1.肾上腺、脾、外生殖器。

　　　2.肝、肺、肾、内分泌、三焦。

三、脾虚湿阻

症状：盗汗常作，头痛如裹，肢体困倦，纳呆口腻，舌质淡，舌苔薄白腻，脉濡缓。

治则：化湿和中，宣通气机。

取穴：1.口、三焦、枕、缘中。

　　　2.脾、三焦、内分泌、心、口。

四、邪阻半表半里

症状：盗汗，病程较短，寒热往来，两胁满闷，口苦，欲呕，舌苔薄白或薄黄，脉弦滑或弦数。

治则：和解少阳。

取穴：1.耳中、肾上腺、皮质下、三焦。

　　　2.三焦、心、内分泌、交感。

第二十节　嗜睡

嗜睡是指不分昼夜，时时欲睡，呼之能醒，醒后复睡的症状。

【病因病机】

湿困脾阳：因久处卑湿之地，或长时间冒雨涉水而感受湿邪，以致湿邪束表，阳气不宣；或过食生冷肥甘，饮酒无度，以致脾胃受损，湿从内生，或内湿素盛，湿困脾阳所致。

心脾两虚：多因病后失调，思虑过度，或饮食不节，或失血，以致心血耗伤，脾气不足，心神失养，则神志恍惚，心怯喜眠，倦怠嗜睡。

肾阳虚衰：或由病久及肾，或由病邪直犯少阴，或失治、误治，阳气屡经克伐，以致阳虚阴盛，昏沉欲睡。

肾精不足：多由劳伤过度，或久病迁延不愈，高年体衰，致肾精亏损不足，髓海空虚，头晕欲睡。

瘀血阻滞：常因头部外伤，血脉瘀阻，或惊恐气郁，气机逆乱，气血失调；或痰浊入络，阻塞血络，致气血运行不畅，阳气痹阻而致嗜睡。

【辨证治疗】
一、湿困脾阳

症状：日夜昏昏嗜睡，头重如裹，四肢困重，食纳减少，中脘满闷，口黏不渴，大便稀薄，或见浮肿，舌苔白腻，脉濡缓。

治则：温中化湿，健脾醒神。

取穴：1.小肠、口、胃、神门。

　　　2.脾、三焦、内分泌、缘中。

二、心脾两虚

症状：倦怠多寐，面色无华，纳呆泄泻，心悸气短，妇女月经不调，色淡量多，舌质淡嫩，苔白，脉细弱。

治则：补益心脾。

取穴：1.小肠、口、耳迷根。

　　　2.脾、心、肝、神门、脑干。

三、肾阳虚衰

症状：精神疲惫，嗜睡懒言，畏寒肢冷，健忘，腰部冷痛，身重浮肿，唇甲青紫，舌体胖，舌质紫黯或淡，苔白润，脉微细。

治则：温补元阳。

取穴：1.肾、三焦、口。

　　　2.肾、膀胱、腰骶椎、皮质下。

四、肾精不足

症状：怠惰善眠，耳鸣耳聋，善忘，思维迟钝，神情呆滞，任事精力不支，舌质淡，脉细弱。

治则：填精补髓。

取穴：1.肾、枕、肾上腺。

　　　2.肾、外耳、皮质下。

五、瘀血阻窍

症状：头晕头痛，神倦嗜睡，病程较久，或有头部外伤病史，舌质紫黯或有瘀斑，脉涩。

治则：活血通络。

取穴：1.枕、额、耳中、小肠。

　　　2.耳中、肾、三焦、内分泌。

第四章

循环内科疾病

第一节　胸痹心痛

胸痹心痛是由邪痹心络、气血不畅而致胸闷心痛，甚则心痛彻背，短气喘息不得卧等为主症的心脉疾病。多见于西医学中的冠心病、缺血性心脏病。

【病因病机】

胸痹的发生多与寒邪内侵、饮食不当、情志失调、年老体虚等因素有关，其病机有虚实两方面：实为寒凝、气滞、血瘀、痰阻，痹遏胸阳，阻滞心脉；虚为心脾肝肾亏虚，心脉失养。在本病的形成和发展过程中，大多先实而后致虚，亦有先虚而后致实者，但临床表现多虚实夹杂，或以实证为主，或以虚证为主。

寒邪内侵：素体阳虚，胸阳不足，阴寒之邪乘虚侵袭，寒凝气滞，痹阻胸阳，而成胸痹。

饮食不当：饮食不节，或过食肥甘生冷，或嗜酒成癖，以致脾胃损伤，运化失常，聚湿成痰，痰阻脉络，则气滞血瘀，胸阳失展，而成胸痹。

情志失调：忧思伤脾，脾虚气结，气结则津液不得输布，遂聚而为痰；郁怒伤肝，肝失疏泄，肝郁气滞，甚则气郁化火，灼津成痰，无论气滞或痰阻，均可使血行失畅，脉络不利，而致气血瘀滞，或痰瘀交阻，胸阳不运，心脉痹阻，不通则痛，发为胸痹。

年迈体虚：本病多见于中老年，年过半百，肾气渐衰，如肾阳虚衰，则不能鼓舞五脏之阳，可致心气不足或心阳不振；肾阴亏虚，则不能滋养五脏之阴，可引起心阴内耗，心阴亏虚，心阳不振，又可使气血运行不畅。凡此均可在本虚的基础上形成标实，导致气滞、血瘀，而使胸阳失运，心脉瘀滞，发为胸痹。

【辨证治疗】
一、心血瘀阻

症状：心胸阵痛，如刺如绞，固定不移，入夜尤甚，伴有胸闷心悸，面色晦暗，舌质紫暗，或有瘀斑，舌下络脉青紫，脉沉涩或结代。

治则：活血化瘀，通脉止痛。

取穴：1.心、神门、交感、内分泌、耳中、肾上腺。

2.耳中、胃、肝、心、肾上腺、胸、肺。

二、寒凝心脉

症状：心胸痛如缩窄，遇寒而作，形寒肢冷，胸闷心悸，甚则喘息不得卧，舌质淡，苔白滑，脉沉细或弦紧。

治则：温经散寒，通阳开痹。

取穴：1.心、肾上腺、肾、交感、小肠。

2.心、肺、小肠、交感、胸。

三、痰浊内阻

症状：心胸窒闷或如物压，气短喘促，多形体肥胖，肢体沉重，脘痞，痰多口黏，舌苔浊腻，脉滑。痰浊化热则心痛如灼，心烦口干，痰多黄稠，大便秘结，舌红，苔黄腻，脉滑数。

治则：通阳泄浊，豁痰开结。

取穴：1.心、脾、胃、口、耳中、交感、大肠。

2.肺、肝、胃、心、三焦、胸。

四、心气虚弱

症状：心胸隐痛，反复发作，胸闷气短，动则喘息，心悸易汗，倦怠懒言，面色㿠白，舌淡暗或有齿痕，苔薄白，脉弱或结代。

治则：补益心气，活血通脉。

取穴：1.心、肝、耳中、胸、交感、脾、小肠。

2.耳背心、耳背肝、耳背肺、耳中、胸。

五、心肾阴虚

症状：心胸隐痛，久发不愈，心悸盗汗，心烦少寐，腰酸膝软，耳鸣头晕，气短乏力，舌红，苔少，脉细数。

治则：滋阴补肾，养心和络。

取穴：1.神门、心、枕、外生殖器。

2.肾、心、三焦、皮质下、腰骶椎。

六、心肾阳虚

症状：胸闷气短，遇寒则痛，心痛彻背，形寒肢冷，动则气喘，心悸汗出，不能平卧，腰酸乏力，面浮足肿，舌淡胖，边有齿痕，苔白，脉沉细或脉微欲绝。

治则：温补心肾，振奋阳气。

取穴：1. 心、肾、口、三焦、肺。

　　　2. 耳背心、胸、胸椎、耳背肺。

第二节　心悸

心悸是由心失所养或邪扰心神，致心跳异常，自觉心慌悸动不安的病症。多见于西医学中的神经官能症、心律失常。

【病因病机】

心虚胆怯：平素心虚胆怯之人，由于突然惊恐，如耳闻巨响，目睹异物；或遇险临危，使心惊神慌不能自主，渐至稍惊则心悸不已；或大怒伤肝，大恐伤肾，怒则气逆，恐则精却，阴虚于下，火逆于上，亦可动撼心神，而发惊悸；或痰热内蕴，复加郁怒，胃失和降，痰火互结，上扰心神，亦可发生心悸。

心脾两虚：思虑过度，劳伤心脾，不但耗伤心血，又能影响脾胃生化之源，渐至气血两亏，不能上奉于心，心失所养，不能藏神，神不安而志不宁，亦可发生心悸。

阴虚火旺：久病体虚，或房劳过度，或遗泄频繁，伤及肾阴；或肾水素亏，水不济火，虚火妄动，上扰心神，亦可发生心悸。

心血瘀阻：素体心阳不振，血液运行不畅，或风寒湿邪搏于血脉，内犯于心，以致心脉痹阻，营血运行不畅，亦能引起心悸。

水气凌心：脾肾阳虚，不能蒸化水液，停聚而为饮，饮邪上犯，心阳被抑，因而引起心悸。

心阳虚弱：大病、久病之后，阳气衰弱，不能温养心脉，而致心悸不安。

【辨证治疗】

一、心虚胆怯

症状：心悸因惊恐而发，悸动不安，气短自汗，神倦乏力，少寐多梦，舌淡，苔薄白，脉弦细。

治则：镇惊定志，养心安神。

取穴：1. 心、胰胆、皮质下、口、三焦、神门。

　　　2. 胰胆、心、小肠、枕、神门、肺。

二、心脾两虚

症状：心悸不安，失眠健忘，面色㿠白，头晕乏力，气短易汗，纳少胸闷，舌淡红，苔薄白，脉弱。

治则：补益心脾，养血安神。

取穴：1.心、脾、神门、耳迷根。

2.耳背心、耳背脾、胸、神门。

三、阴虚火旺

症状：心悸不宁，思虑劳心尤甚，心中烦热，少寐多梦，头晕目眩，耳鸣，口干，面颊烘热，舌质红，苔薄黄，脉弦细数。

治则：滋阴清火，养心安神。

取穴：1.心、肾、神门、肝、口、外耳。

2.耳背心、耳背肝、耳背肾、皮质下、枕、肾上腺。

四、心血瘀阻

症状：心悸怔忡，胸闷心痛阵发，或面唇紫暗，舌质紫暗或有瘀斑，脉细涩或结代。

治则：活血化瘀，理气通络。

取穴：1.心、耳中、肝、交感、皮质下、小肠。

2.耳中、肝、交感、肾上腺。

五、水气凌心

症状：心悸怔忡不已，胸闷气喘，咳吐大量泡沫痰涎，面浮足肿，不能平卧，目眩，尿少，舌淡胖，苔白滑，脉弦滑或沉细。

治则：振奋心阳，化气行水。

取穴：1.心、肾、胃、耳迷根、三焦、口。

2.肾、胸、三焦、皮质下、膀胱、肺。

六、心阳虚弱

症状：心悸，动则尤甚，胸闷气短，畏寒肢冷，头晕，面色苍白，舌淡胖，苔白，脉沉细或结代。

治则：温补心阳，安神定悸。

取穴：1.心、枕、口、小肠。

2.耳背心、耳背肾、神门、小肠。

第五章

泌尿生殖科疾病

第一节　热淋

热淋是下焦感受湿热病邪，膀胱气化不利所致。以小便频急，解时滴沥涩痛为主要表现。多见于西医学中的急、慢性尿路感染。

【病因病机】

膀胱湿热：多食辛热肥甘之品，或嗜酒过度，酿成湿热，下注膀胱；或下阴不洁，秽浊之邪侵入膀胱，酿成湿热，发而为淋。

脾肾亏虚：久淋不愈，湿热耗伤正气，或年老久病体弱，以及劳累过度，房事不节，均可导致脾肾亏虚，脾虚则中气下陷，肾虚则下元不固，因而小便淋漓不已，而成为淋。

【辨证治疗】

一、湿热下注

症状：小便频急不爽，尿道灼热刺痛，尿黄浑浊，少腹拘急，腰痛，或伴有恶寒发热，口苦，恶心呕吐，大便干结，舌红，苔黄腻，脉滑数。

治则：清热利湿。

取穴：1.膀胱、尿道、枕、肾、内分泌。

　　　2.输尿管、艇角、外生殖器、腰骶椎、耳尖、肾。

二、阴虚湿热

症状：尿频不畅，解时刺痛，腰酸乏力，午后低热，手足烦热，口干口苦，舌质红，苔薄黄，脉细数。

治则：滋阴清热利湿。

取穴：1.肾、膀胱、口、内分泌、尿道。

　　　2.艇角、肾、肝、内分泌、输尿管。

三、脾肾两虚

症状：尿频、余沥不净，少腹坠胀，遇劳则发，腰酸，神倦乏力，面足轻度浮肿，头晕食少，面色苍白，舌质淡，苔薄白，脉沉细或细弱。

治则：温补脾肾。

取穴：1.肾、脾、三焦、肾上腺、外耳。

   2.脾、肾、腰骶椎、外生殖器。

第二节　石淋

石淋由湿热久蕴、煎熬尿液成石，阻滞肾系。多见于西医学中的尿路结石。

【病因病机】

石淋的病因在于膀胱湿热。由于平素多食辛热肥甘，或嗜酒太过，酿成湿热，下注膀胱；或秽浊之邪从下侵入膀胱，酿成湿热，湿热蕴积不化，尿液受其煎熬，日积月累，尿中杂质结为砂石，而成石淋。

【辨证治疗】

一、下焦湿热

症状：腰腹绞痛，小便涩痛，尿中带血，或排尿中断，解时刺痛难忍，大便干结，舌苔黄腻，脉弦或数。

治则：清热利湿。

取穴：1.肾、膀胱、交感、尿道、神门。

   2.内分泌、肾上腺、神门、皮质下、交感、膀胱。

二、下焦瘀滞

症状：腰痛发胀，少腹刺痛，尿中挟血块或尿色暗红，解时不畅，舌质紫暗或有瘀斑，脉细涩。

治则：活血化瘀。

取穴：1.肾、耳中、神门、尿道。

   2.膀胱、耳中、三焦、外生殖器。

第三节　癃闭

癃闭由于膀胱气化不利，尿液排出困难，小便不利，点滴而出为"癃"；小便不通，欲解不得为"闭"，一般合称癃闭。相当于西医学中的尿潴留。

【病因病机】

正常人小便的通畅，有赖于三焦气化的正常，而三焦的气化主要依靠肺脾肾三脏来维持，然而癃闭的发生，主要由于膀胱气化不利所致。肾主水液而司二便，与膀胱相为表里，体内水液的分布与排泄，主要靠肾的气化作用，肾的气化正常，则开阖有度，若肾的气化功能失常，则关门开阖不利，就可发生癃闭。此外，肝气郁滞，瘀浊阻塞均可影响三焦的气化，而导致癃闭。

湿热下注：中焦湿热不解，下注膀胱，膀胱湿热阻滞，导致气化不利，小便不通，而成癃闭。

肝郁气滞：情志不畅，肝气郁结，疏泄不及，从而影响三焦水液的运行及气化功能，致使水道的通调受阻，形成癃闭。

瘀浊阻塞：瘀血败精，或肿块结石阻塞尿路，小便难以排出，因而形成癃闭。

肾气亏虚：年老体弱，或久病体虚，肾阳不足，命门火衰，致使膀胱气化无权，而致癃闭。

【辨证治疗】

一、湿热下注

症状：小便量少难出，点滴而下，甚或涓滴不畅，小腹胀满，口干不欲饮，舌红，苔黄腻，脉数。

治则：清湿热，利小便。

取穴：1.肾、膀胱、三焦、内分泌、尿道。

2.内分泌、膀胱、三焦、皮质下。

二、肝郁气滞

症状：小便突然不通，或通而不畅，胁痛，小腹胀急，口苦，多因精神紧张或惊恐而发，舌苔薄白，脉弦细。

治则：疏肝理气，通利小便。

取穴：1.肝、膀胱、三焦、脾、胰胆。

2.肝阳、三焦、缘中、膀胱。

三、瘀浊阻塞

症状：小便滴沥不畅，或尿如细线，甚或阻塞不通，小腹胀满疼痛，舌质紫暗，或有瘀斑，脉涩。

治则：行瘀散结，通利水道。

取穴：1.膀胱、心、耳中、三焦、内分泌。

　　　2.耳中、内分泌、三焦、外生殖器。

四、肾气亏虚

症状：小腹坠胀，小便欲解不得出，或滴沥不爽，排尿无力，腰膝酸软，精神萎靡，厌食，面色㿠白，舌淡，苔薄白，脉沉细弱。

治则：温阳补肾利尿。

取穴：1.肾、膀胱、脾、枕、口。

　　　2.皮质下、膀胱、三焦、肾。

第四节　遗精

遗精由于肾虚不固或邪扰精室，导致不因性生活而精液遗泄，每周超过 1 次以上者。多见于西医学中的性功能障碍。

【病因病机】

本病的发生，总由肾气不能固摄。导致肾气不固的原因，多由情志失调引起，或与房劳过度，手淫斫丧，饮食不节，湿热下注等因素有关。

阴虚火旺：久病体虚，或房劳过度，伤及肾阴，或肾水素亏，水不济火，心阳独亢，热扰精室，寐则神不守舍，淫梦泄精。或心火久动，汲伤肾水，则水不济火，于是君火动越于上，肝肾相火应之于下，以致精室被扰，阴精失位，发生遗精。

湿热下注：由于醇酒厚味，损伤脾胃，脾不升清，则湿浊内生，流注于下，蕴而生热，热扰精室。或因湿热流注肝脉，疏泄失度，产生遗精。

心脾两虚：思虑过度，劳伤心脾，每因劳倦太过，气伤更甚，使中气不足，导致气不摄精而遗泄。

肾虚不固：肾为先天之本，主藏精，若先天不足，或房劳过度，或手淫，则阴精亏耗，肾中阴虚阳亢，火扰精室，产生梦遗。若阴损及阳，或久病之后，损及肾阳，精关不固，精液滑脱，则产生滑精。

【辨证治疗】

一、阴虚火旺

症状：夜寐不实，多梦遗精，阳兴易举，心中烦热，头晕耳鸣，面红，口干苦，舌质红，苔黄，脉细数。

治则：滋阴降火，清心安神。

取穴：1.肾、心、神门、枕、外耳。

　　　2.耳背心、耳背肾、内生殖器、神门。

二、湿热下注

症状：梦遗频作，尿后有精液外流，小便短黄而浑，或热涩不爽，口苦烦渴，舌红，苔黄腻，脉滑数。

治则：清热利湿。

取穴：1.脾、肾、内生殖器、外生殖器、盆腔。

　　　2.心、肾、脾、缘中。

三、心脾两虚

症状：遗精遇思虑或劳累过度而作，头晕失眠，心悸健忘，面黄神疲，食少便溏，舌质淡，苔薄白，脉细弱。

治则：补益心脾。

取穴：1.心、口、外耳、肾。

　　　2.心、肾、脾、皮质下。

四、肾虚不固

症状：遗精频作，甚则滑精。腰酸膝软，头晕目眩，耳鸣，健忘，心烦失眠。肾阴虚者，兼见颧红，盗汗，舌红，苔少，脉弦数。肾阳虚者，可见阳痿早泄，精冷，畏寒肢冷，面浮㿠白，舌淡，苔白滑，舌边齿痕，脉沉细。

治则：补肾固精。

取穴：1.肾、内生殖器、外生殖器、盆腔、枕。

　　　2.心、肾、肝、外耳、内生殖器。

第五节　阳痿

阳痿指阴茎不能勃起，或勃而不坚，影响正常性生活的男子性功能减退症。

【病因病机】

命门火衰：房事太过，或少年误犯手淫，以致精气虚寒，命门火衰，宗筋不得温煦而弛缓，发为阳痿。

心脾两虚：思虑忧郁，伤及心脾，以致气血两虚，宗筋失养，导致阳痿。

湿热下注：由于醇酒厚味，损伤脾胃，脾不升清，则湿浊内生，流注于下，使宗筋弛缓而致阳痿。

【辨证治疗】

一、命门火衰

症状：阳痿不举，面色㿠白，头晕目眩，精神萎靡，腰膝酸软，畏寒肢冷，耳鸣，舌淡，苔白，脉沉细。

治则：补肾壮阳。

取穴：1.肾、枕、外耳、三焦、外生殖器、内生殖器。
　　　2.耳背肾、耳背肝、皮质下、外生殖器。

二、心脾两虚

症状：阳痿，精神不振，失眠健忘，胆怯多疑，心悸自汗，纳少，面色无华，舌淡，苔薄白，脉细弱。

治则：补益心脾。

取穴：1.心、脾、口、耳迷根、枕。
　　　2.耳迷根、皮质下、垂前。

三、湿热下注

症状：阴茎痿软，勃而不坚，阴囊潮湿气臊，下肢酸重，尿黄，解时不畅，余沥不尽，舌红，苔黄腻，脉沉滑数。

治则：清热利湿。

取穴：1.脾、肾、内生殖器、膀胱。
　　　2.肝、肾、膀胱、脾、皮质下。

第六节　水　肿

水肿是由肺脾肾三脏对水液宣化输布功能失调，致体内水湿滞留，泛溢肌肤，引起头面、四肢、腹部，甚至全身浮肿的病症。多见于西医学中的肾小球肾炎、肾盂肾炎。

【病因病机】

水不自行，赖气以动，故水肿一证，是全身气化功能障碍的一种表现，涉及的脏腑亦多，但其病本在肾。若外邪侵袭，饮食起居失常，或劳倦内伤，均可导致肺不通调，脾失转输，肾失开合，终至膀胱气化无权，三焦水道失畅，水液停聚，泛滥肌肤，而成水肿。

风水相搏：风邪外袭，内舍于肺，肺失宣降，水道不通，以致风遏水阻，风水相搏，流溢肌肤，发为水肿。

水湿浸渍：久居湿地，或冒雨涉水，水湿之气内侵，或平素饮食不节，多食生冷，均可使脾胃受伤，失其健运，水湿不运，泛于肌肤，而成水肿。

湿热内蕴：湿热久羁，或湿郁化热，中焦脾胃失其升清降浊之能，三焦为之壅滞，水道不通，而成水肿。

脾虚湿困：素体脾虚，或饮食不节，劳倦太过，脾气亏虚，外湿乘虚困及脾阳，使脾失健运，水湿泛溢肌肤，而成水肿。

阳虚水泛：生育不节，房劳过度，使肾精亏耗，肾气内伐，肾阳不足，不能化气行水，遂使膀胱气化失常，开合不利，水液内停，形成水肿。

在水肿的发病机制方面，肺脾肾三脏相互联系，相互影响。如肾虚水泛，逆于肺，则肺气不降，失其通调水道之职，使肾气更虚加重水肿。若脾虚不能制水，水湿壅盛，必损其阳，久则导致肾阳亦衰；反之，肾阳衰不能温养脾土，脾肾俱虚，亦可使水肿加重。

【辨证治疗】

一、风水相搏

症状：开始眼睑浮肿，继则四肢全身浮肿，皮肤光泽，按之凹陷易复，伴有发热、咽痛、咳嗽等症，舌苔薄白，脉浮或数。白睛可见肺区脉络鲜红。

治则：疏风，宣肺行水。

取穴：1.肺、大肠、三焦、内分泌、脾。

　　　2.肺、三焦、脾。

二、水湿浸渍

症状：多由下肢先肿，逐渐肢体浮肿，下肢为甚，按之没指，不易随复。伴有胸闷腹胀，身重困倦，纳少泛恶，尿短少，舌苔白腻，脉濡缓。

治则：健脾化湿，通阳利水。

取穴：1.内分泌、脾、肾、口、三焦。

2.脾、肾、膀胱、三焦。

三、湿热内蕴

症状：浮肿较剧，肌肤绷急，腹大胀满，胸闷烦热，气粗口干，大便干结，小便短黄，舌红，苔黄腻，脉细滑数。

治则：清热利湿。

取穴：1.脾、胃、三焦、腹、神门。

2.脾、肾、膀胱、三焦、大肠。

四、脾虚湿困

症状：面浮足肿，反复消长，劳累后或午后加重，脘胀纳少，面色㿠白，神倦乏力，尿少色清，大便或溏，舌苔白滑，脉细弱。

治则：健脾利湿。

取穴：1.脾、胃、口、三焦。

2.脾、肺、膀胱、三焦。

五、阳虚水泛

症状：全身高度浮肿，腹大胸满，卧则喘促，畏寒神倦，面色萎黄或苍白，纳少，尿短少，舌淡胖，边有齿痕，苔白，脉沉细或结代。

治则：温补肾阳，化气行水。

取穴：1.肾、胃、肾上腺、三焦、耳迷根。

2.耳迷根、内分泌、三焦。

第六章

骨伤科疾病

第一节　颈椎病

颈椎病是指颈项部位发生疼痛的自觉症状。

【病因病机】

风湿犯表：由于居处潮湿，兼感外风，风湿合邪，侵犯体表，脉络阻滞所致。

风热挟痰：由于外感风热，挟痰凝于颈项，脉络阻滞所致。

扭伤：由于颈部突然后伸或长期低头牵拉，或两上肢突然上举等动作，使颈项部肌肉受伤，气血不畅，脉络阻滞所致。

【辨证治疗】

一、风湿犯表

症状：其主要临床表现为颈项强痛，伴有恶寒发热，汗出热不解，头痛头重，一身尽痛，苔白，脉浮。

治则：祛风胜湿，疏通经络。

取穴：风溪、颈椎、枕。

二、风热挟痰

症状：常表现为颈项痛，发热恶寒，咽痛口渴，颈侧结核累累，色白坚肿，甚则红肿破溃，舌红苔黄，脉弦数。

治则：清热散风，化痰通络。

取穴：耳中、外耳、胰胆。

三、扭伤

症状：表现为单侧颈项疼痛，有负重感，疼痛向背部放射，颈项活动时疼痛加重，甚至深呼吸、咳嗽、喷嚏均使疼痛加重。

治则：活血化瘀。

取穴：耳中、膀胱、颈椎。

第二节　落枕

落枕是指颈项疼痛，不能前俯后仰及左右运动而言。

【病因病机】

祖国医学认为，本病多由睡姿不当，或枕头高低不适，或颈部受风寒侵袭，引起气血不和、筋脉拘急而致病。

现代医学认为，该病是由于睡姿不当、枕头高低不适等原因，引起颈部肌肉长时间过分牵拉；或颈项部遭受风寒刺激，局部肌肉发生痉挛所致。

【辨证治疗】

本病发生是由于局部气血失和引起，针灸治疗以疏通局部气血为主，一般不辨证。

治则：疏经活络，调和气血。

取穴：枕、颈、胰胆、神门、耳中、膀胱。

第三节　肩痛

肩关节及其周围的肌肉筋骨疼痛称肩痛。肩后部疼痛往往连及胛背，称肩背痛；肩痛而影响上臂甚至肘手部位的，称肩臂痛。因其均以肩痛为主要临床表现，其他部位的疼痛是由于肩痛而引起，故可统称为肩痛。

【病因病机】

风寒：风寒之邪袭留肌肤，经络气血为之凝涩不通，发为痹痛，其疼痛较轻而兼有麻木感。

痰湿：虽亦得之感受风寒湿邪，但以感受寒湿之邪为主，且寒湿之邪久滞筋肉之间，其疼痛症状明显且病程较长。常因久卧寒湿之处，或大汗之后浸渍冷水所得。

瘀血：闪扭瘀血肩痛有明显外伤史，起病突然，局部可有肿胀、压痛，疼痛性质也多为刺痛，影响上肢功能活动。

【辨证治疗】

一、风寒

症状：为肩痛比较轻者，病程较短，疼痛程度也轻，疼痛性质为钝痛或隐痛，不影响上肢的功能活动。疼痛的范围或局限于肩部，或影响肩后部而牵掣胛背，或在肩前部而影响上臂，往往项背或上臂有拘急感。肩部感觉发凉，得暖或按摩则疼痛减轻，舌苔白，脉浮或正常。

治则：祛风寒，通经脉。

取穴：1.肘、三焦、风溪、大肠。

　　　2.肩、肝、肾、神门。

二、痰湿

症状：肩部及其周围筋肉疼痛剧烈，病程较长。肩关节功能活动虽然正常，但因疼痛剧烈而不敢活动，动则疼痛更甚，经久不愈可造成肩关节活动障碍。肩部感觉寒凉，畏冷，得暖虽疼痛可暂时减轻，逾时则疼痛、寒凉感觉仍旧，因病程较长，患者往往兼有气虚症状，如自汗、短气、不耐劳、易感冒等，舌质淡，苔白，脉弦或弦细。

治则：祛痰湿，补气血。

取穴：1.耳中、三焦、肾上腺、口。

　　　2.肩、脾、胃、内分泌、三焦、神门。

三、瘀血

症状：若因闪扭所致，则有明显外伤史。若无闪扭外伤，肩痛剧烈，疼痛性质为刺痛，虽经温经散寒、祛风湿止痛等法治疗，但获效甚微，经久不愈的，亦为瘀血肩痛。闪扭瘀血肩痛可有轻度肿胀或无肿胀，其闪扭损伤局部压痛明显。久病瘀血肩痛则无肿胀，疼痛范围比较广泛，也无明显压痛点。两者均可因疼痛而引起肩关节活动轻度障碍。

治则：祛寒湿，祛瘀血。

取穴：1.缘中、肝、锁骨、风溪、肘。

　　　2.耳中、肾、膀胱、内分泌、肩。

第四节　肩臂不举

肩关节功能活动障碍，上肢不能抬举称肩臂不举。

【病因病机】

痹痛：虽常见于老年人，但青壮年身体虚弱者也可发生。因为肩部感受风寒湿邪，尤其是寒湿之邪气客于经脉分肉之中，阳气为之遏阻所造成。

肩凝：是 50 岁之后的老年人常见的肢体疼痛疾病之一，多无感受风寒湿邪的病史，或因偶感风寒湿邪、轻度闪扭伤而诱发。

胸痹：伴有胸痹症状，如胸痛或胸痛掣背、心悸、气短。胸痹肩臂不举一证，肩、手部疼痛均较严重，并且手指肿胀，往往呈蜡黄色，经久不愈则手指呈半屈曲状强直，很难恢复。

损伤：成人损伤肩不举有明显外伤史，发病突然，受损伤局部明显压痛，与痹痛肩不举、肩凝肩不举及胸痹肩不举不难进行鉴别。

【辨证治疗】

一、痹痛

症状：较为严重的肩痹疼痛，经久不愈可导致肩不举。此证肩痛症状先发生，肩痛日久不除遂并发肩不能抬举。肩部常觉寒凉，畏冷，喜暖，得暖虽疼痛可暂时减轻，逾时则疼痛寒凉感觉依旧。因病程较长，往往肌肉萎缩、经筋僵硬，舌质淡，苔白，脉弦或弦细。

治则：温经散寒，活血祛瘀，止痛。

取穴：1.胰胆、耳中、三焦。

2.小肠、三焦、大肠、肺、膀胱、肩。

二、肩凝

症状：又称冻结肩、漏肩风、五十肩。此证发生于老年人，尤以 50 岁以后多见。多发于一侧，间或有两侧同时发病者。患者常常不能叙述出明显原因，忽然感觉肩部疼痛及肩关节功能活动障碍。症状发展较为缓慢，数日或数月时间内，肩关节功能即发生严重障碍，遂致上肢不能抬举，而且疼痛亦随肩关节功能活动障碍程度的不断发展而日益加重。白天疼痛尚可忍受，入夜疼痛剧烈而影响睡眠，甚至不能入睡。越痛而肩臂越不敢抬举，肩关节越不活动，疼痛也越剧烈，甚至"近之则痛剧"，形成恶性循环。疼痛多连及上臂以及肘手部位。日久不愈，则肩臂肌肉萎缩、僵硬，以致肩关节完全不能活动，故梳头、穿衣、脱衣均感困难。肩部发凉，手心常自汗出，舌象无明显改变，脉细；若兼有气血不足，则舌质淡白；若兼有瘀血，则舌质紫暗或有瘀斑。

治则：温经散寒，活血止痛。

取穴：1.肝、胰胆、锁骨、肾。

2.小肠、三焦、肺、膀胱、大肠、肩。

三、胸痹

症状：此证为肩不举之较重者。患者素有胸痹证，气短、心悸、胸闷、心前区痛，甚至胸痛彻背，且多有瘀血症状表现，胸痛性质为刺痛，舌质紫暗或有瘀斑。通常发生于老年人。肩痛，同时患侧手指肿胀疼痛，肩不能举，同侧手指因疼痛、肿胀也不能屈伸。疼痛剧烈，入夜尤剧，甚至彻夜难眠。但肘关节常不受影响。患侧上肢多汗，以手部汗出较多。病久不愈，上肢肌肉萎缩，手指及指甲呈蜡黄色，强直变形（多呈屈曲状）而不能屈伸。

治则：补气益血，活血祛瘀，行气止痛。

取穴：1. 耳中、耳迷根、锁骨、胸、肘。

　　　2. 耳中、三焦、肩、肝、神门。

四、损伤

症状：成人因闪扭损伤肩部筋肉，而致肩关节功能活动障碍不能抬举的，必有明显损伤史，损伤局部可有肿胀，有的也可没有肿胀形迹，局部压痛明显。发病突然，病程较短，随着闪扭损伤的痊愈，肩部功能活动也随之而愈。

治则：活血散瘀，消炎止痛。

取穴：1. 耳中、肘、肩、神门、肾上腺。

　　　2. 小肠、三焦、大肠、内分泌。

第五节　肩背痛

肩背痛，是指肩背部因某种原因引起疼痛的一种自觉症状，可引及胸、心下、腰部。胸痹心痛虽也有背痛症状，但以胸痛为主，可见胸痛彻背，背痛彻胸。心下为胃，胃痛可引及相应的背部，但每有胃部症状。腰痛引脊上引背部，则称为腰背痛，以上症状与单纯背痛不同，应予鉴别。

【病因病机】

寒湿侵袭：多为素体虚弱，寒湿乘袭太阳经，寒湿凝滞，经络闭阻，气血运行不畅，不通则痛，故见背痛板滞，颈项强痛，肩胛不舒。

气血瘀滞：多发于老年人或久病体弱之人，气虚血少，气无力推动血行，血流不畅，气滞血凝，经络失养，则背部酸痛，如《临证指南医案·诸痛》曰："久病必入络，气血不行"，又云："络虚则痛"。

【辨证治疗】

一、寒湿

症状：背痛板滞，牵连颈项，项背强痛，肩胛不舒，或肩背重滞兼有恶寒，舌苔白腻，脉浮缓或沉紧。

治则：祛风散寒。

取穴：1. 耳中、胰胆、外耳。

2. 小肠、膀胱、肩、神门。

二、气血瘀滞

症状：睡后背部酸痛，时觉麻木，起床活动后痛减，舌淡暗或有瘀点，脉沉细或细涩。

治则：益气养血，通经活络。

取穴：1. 三焦、肺、耳中、肘。

2. 耳中、三焦、小肠、膀胱、肩。

第六节　手臂痛

手臂痛指整个上肢，即肩以下，腕以上（不包括掌、指）部位发生疼痛的症状。

【病因病机】

风寒湿阻：多因外感风寒湿邪，侵袭臂部肌肉、关节、筋脉，导致经络闭阻，气血运行不畅，不通则痛，发为痹证。

气血两虚：多因体虚久病，脾胃亏损，气血生化之源不足，无以濡养臂部肌肉、筋脉、关节，故臂部酸痛麻木，而以酸麻为主，关节筋脉无力，肌肤不泽，神疲乏力。

瘀血阻滞：多因跌扑外伤而致，臂部疼痛、肿胀，手不可近，或伴肌肉、筋脉、关节损伤、撕裂，血不循经而外溢，故瘀血内积，局部肿胀青紫，不通则痛。

痰湿流注：多因脾肾阳虚，痰饮内停，流注经脉，阻遏气血运行而致臂痛。若偏于脾虚，则清阳不升；若偏于肾虚，则温煦失司，故形寒肢冷，肤胀微肿。

【辨证治疗】

一、风寒湿阻

症状：臂部肌肤、筋脉、关节疼痛，或酸胀肿麻。风盛者疼痛走窜，时上时下，苔薄白；寒盛者疼痛较甚，局部肤冷，筋脉牵强，苔白，脉紧；湿盛者疼痛重着，局部微肿，苔白腻，脉濡；热盛者疼痛焮热，局部红肿，苔黄，脉数。

治则：祛风散寒，清热除湿。

取穴：1.肝、内分泌、肾上腺、脾、胃。

2.肘、肩、风溪、三焦。

二、气血两虚

症状：臂部酸痛麻木，以酸麻为主，肢体无力，肌肤不泽，并见头晕目眩，神疲乏力，纳谷少馨，舌淡苔薄，脉细弱。

治则：补益气血。

取穴：1.三焦、脾、口、脑干。

2.肘、肩、脾、三焦。

三、瘀血阻滞

症状：臂痛，局部肿胀。若久病气虚，血行瘀滞，可见局部肌肤不仁，肌肉萎缩，舌苔薄腻，或边有瘀点，脉细弦或细涩。

治则：活血化瘀。

取穴：1.耳中、肝、脾、三焦。

2.锁骨、肩、脾、肝。

四、痰湿流注

症状：臂痛肢重，肤胀微肿，并见形寒肢冷，眩晕泛恶，胸闷便溏，口不渴，舌淡胖，苔白腻，脉沉濡或濡缓。

治则：健脾化饮，温肾助阳，祛痰活络。

取穴：1.口、三焦、肾、肩、枕。

2.胃、肾、脾、锁骨、外耳。

第七节 手指挛急

手指挛急，俗称鸡爪风，是指手指的筋脉拘挛。若下肢筋脉挛急，不能屈伸者，则称为转筋、吊脚筋；若手足四肢筋脉均见挛曲难以屈伸者，则称抽筋、四肢拘挛。

【病因病机】

血不养筋：多见失血之后或体质素亏，营血亏虚，不能濡养筋脉，则筋急而拘挛。

血燥筋伤：多在热病后期或气郁化燥时出现，因阴血亏耗，筋膜失荣，而气郁化燥易耗阴伤筋。

寒滞经脉：寒为阴邪，其性收引凝滞，寒犯经脉会引起形体拘急，关节挛急，屈伸不利等症，但寒有内寒、外寒之别。凡外寒所致的手指挛急，必有明显的外因，如手指较长时间受寒冷气候的影响，或在水中作业。

【辨证治疗】
一、血不养筋

症状：血不养筋呈缓慢进展过程，多是先麻木后挛急。手指挛急兼有麻木感，面色少华，眩晕，皮肤不泽，神疲乏力，唇舌淡，苔薄白，脉弦细无力。

治则：养血舒筋。

取穴：1.口、肝、外生殖器、风溪。

2.脾、肝、三焦、指。

二、血燥筋伤

症状：血燥筋伤则先有灼热感后出现挛急。手指挛急兼有灼热感，皮肤干燥，口唇皲裂，口渴欲饮，心烦，便秘，舌红津少，无苔或少苔，脉弦细数。

治则：养血柔筋。

取穴：1.肝阳、口、肺、风溪。

2.肝、心、脾、外耳、指。

三、寒滞经脉

症状：手指挛急兼酸楚疼痛，畏寒肢冷，遇阴雨天加剧，舌暗红，苔薄白润，脉弦紧，或弦滑。

治则：温肾阳，散寒湿，舒筋脉。

取穴：1.肾、肝、交感。

2.肝、膀胱、三焦、指。

第八节　腰痛

腰痛是指以腰部疼痛为主要临床表现的一类病证，多见于西医学中的肥大性腰椎炎、腰肌劳损、急慢性腰扭伤。

【病因病机】

感受寒湿：由于久居湿冷之地，或涉水冒雨，劳汗当风，衣着湿冷，都可感受寒湿之邪，寒邪凝滞收引，湿邪黏聚不化，致腰腿经脉受阻，气血运行不畅，因而发生腰痛。

感受湿热：秽气湿热行令，或长夏之际，湿热交蒸，或寒湿蕴积日久，郁而化热，转为湿热，人感此邪，阻遏经脉，引起腰痛。

气滞血瘀：跌仆外伤，损伤经脉气血，或因久病，气血运行不畅，或体位不正，腰部用力不当，摒气闪挫，导致经络气血阻滞不通，瘀血留滞腰部，而发生疼痛。

肾亏体虚：先天禀赋不足，加之劳累太过，或久病体虚，或年老体衰，或房事不节，以致肾精亏损，无以濡养筋脉，而发生腰痛。

腰为肾之府，乃肾之精气所溉之域。肾与膀胱相表里，足太阳经过之。此外，任、督、冲、带诸脉，亦布其间。故内伤不外乎肾虚，而外感风寒湿热诸邪，以湿性黏滞，最易痹着腰部，所以外感总离不开湿邪为患，内外二因，相互影响。至于劳力扭伤，则和瘀血有关。

【辨证治疗】

一、寒湿腰痛

症状：腰部冷痛重着，转侧不利，逐渐加重。静卧痛不减，遇阴雨天则加重，苔白腻，脉沉而迟缓。

治则：散寒除湿，温通经络。

取穴：1.肾、神门、三焦、脾。

　　　 2.肾、膀胱、盆腔、脾。

二、湿热腰痛

症状：腰部弛痛，痛处伴有热感，热天或雨天疼痛加重，而活动后或可减轻，小便短赤，苔白腻，脉濡数或弦数。

治则：清热利湿，舒筋止痛。

取穴：1.肾、脾、外生殖器、神门。

　　　 2.肾、腰骶椎、神门、肝。

三、瘀血腰痛

症状：腰痛如刺，痛有定处，日轻夜重，轻者俯仰不便，重者不能转侧，痛处拒按，舌质暗紫，或有瘀斑，脉涩。

治则：活血化瘀，通络止痛。

取穴：1.肾、耳中、三焦、枕、神门。

　　　 2.肾、腰骶椎、耳中、盆腔。

四、肾虚腰痛

症状：腰痛以酸软为主，喜按喜揉，腿膝无力，遇劳更甚，卧则减轻，反复发作。偏阳虚者，则少腹拘急，面色㿠白，手足不温，少气乏力，舌淡，脉沉细。偏阴虚者，则心烦失眠，口燥咽干，面色潮红，手足心热，舌红少苔，脉弦细数。

治则：偏阳虚，温补肾阳；偏阴虚，滋补肾阴。

取穴：1.肾、膀胱、口、外生殖器、神门。

2.肾、腰骶椎、盆腔、膀胱、外耳。

第九节 腰膝酸软

腰膝酸软即腰膝软弱无力，轻者称腰软、膝软，重者称腰膝痿弱。

【病因病机】

肝肾虚：腰膝酸软是肾虚的主要表现之一。《内经》谓："肝主筋""肾主骨""腰为肾之府"，肾气不足则腰软无力、腰酸、腰痛，过劳则加重。肝肾虚则筋失所养，出现膝软无力，足痿弱不能行。

寒湿：寒湿之邪客于腰膝，以湿邪为重，《内经》云："伤于湿者，下先受之"，故阴湿寒邪多侵及身体下部之腰膝。

湿热：多由湿热邪气流注下焦所致，常见于痿证及脚气诸病。

【辨证治疗】

一、肝肾虚

症状：腰膝部无力、腰酸、腰痛、膝冷，绵绵不已，休息后略见轻减，稍遇劳累则加重。手足清冷，畏寒，喜暖，耳聋，耳鸣，小便清长或频数，大便溏或腹泻，脱发，牙齿松动，甚者遗精，阳痿，困倦神疲，短气，舌质淡，脉沉细。

治则：养肝血，补肾气。

取穴：1.脾、子宫透角窝中。

2.肝、肾、外耳、膝、腰骶椎。

二、寒湿

症状：腰膝部软弱无力，兼有腰凉膝冷，或腰膝酸困沉重疼痛，遇阴雨冷湿则加重，得温暖即可减轻，舌苔白，脉沉细或缓。

治则：祛寒除湿，益肝肾，补气血，强腰膝。

取穴：1.外耳、枕、子宫透角窝中。

2.脾、肾、膀胱。

三、湿热

症状：腰膝部无力，下肢痿弱，不耐久行久立，或兼膝足红肿作痛，小便短赤，大便秘结，舌红，苔黄腻，脉弦数。

治则：除湿热，强腰膝。

取穴：1.枕、外生殖器、肾、脾。

2.腰骶椎、膝、肾、大肠、内分泌。

第十节　腰骶椎痛

腰骶椎痛与腰痛关系较为密切，因腰痛而牵掣腰骶椎痛，或因腰骶椎痛而掣及腰痛。

【病因病机】

血瘀气滞：常见于中年体胖的妇女，有明显的跌扑挫伤史，起病突然而疼痛剧烈，腰骶椎部压痛明显，急性期瘀血内聚，不但疼痛剧烈，而且疼痛持续时间较长，这是因为挫伤时腰骶椎往往受到不同程度的损伤甚至骨折的缘故。多伴有大便秘结。

肾气亏虚：往往是因先天不足，骶骨未能完全闭合，常因劳累或损伤而诱发，起病较缓慢而疼痛症状亦不甚剧，有的伴有遗尿。

【辨证治疗】

一、血瘀气滞

症状：有明显挫伤史，腰骶椎部剧痛，疼痛掣及腰部，功能活动障碍，不能俯仰转动，行走步履困难，不能平卧及翻身。并多伴有大便秘结，食欲减退，舌黯，脉紧。

治则：活血祛瘀，止痛通便。

取穴：1.肝、三焦、膀胱、肺。

2.肾、腰骶椎、耳中、大肠、外生殖器。

二、肾气亏虚

症状：疼痛症状较轻，不影响功能活动，多有腰骶椎部酸楚不适感，因损伤而诱发者，症状较明显，疼痛以骶部为甚，或有遗尿，舌淡胖，脉沉细弱。

治则：平补肾气。

取穴：1. 神门、肝、脾、枕。

2. 肾、外耳、腰骶椎、神门。

第十一节　脊痹

脊痹，即西医学中的强直性脊柱炎，是脊椎的慢性进行性炎症性病变，主要侵及骶髂关节、脊柱和近躯干的大关节，导致纤维性及骨性强直和畸形。

【病因病机】

脊痹（强直性脊柱炎）作为一种疾病，在其发病过程中，先天肾精不足，督脉空虚是发病的关键，风寒湿热之邪等因素起着诱发作用，正虚邪侵，邪恋损正，日久不愈，痰瘀内生，终致筋挛骨损，脊背强直失用。

【辨证治疗】

一、肾督亏虚、寒湿痹阻（多为强直性脊柱炎的早期阶段）

症状：初起时多见游走性关节疼痛（以下肢关节常见），以后渐至腰骶、脊背疼痛，伴有腰背肢体酸楚重着，或晨起时腰背僵痛，活动不利，活动后痛减，阴雨天加剧。

治则：散寒除湿，温通经络。

取穴：肾、耳中、胰胆、膀胱、胃、臀。

二、肝肾阴虚、湿热痹阻（多见于活动期）

症状：腰背疼痛，晨起时强直不适、活动受限，患处肌肤触之发热，夜间腰背疼痛加重，翻身困难，或伴有低热，夜间肢体喜放被外，口苦口渴不欲饮，便秘，尿赤。

治则：滋补肝肾，强筋壮骨。

取穴：肝、肾、膀胱、大肠、三焦、神门、口。

三、肝肾亏虚、痰瘀痹阻（多见于缓解期）

症状：腰骶及脊背部疼痛，颈项脊背强直畸形、俯仰转侧不利，活动受限，胸闷如束，伴有头晕耳鸣，低热形羸或畏寒肢冷，面色晦暗，唇舌紫暗，苔白腻或黄腻，脉脉细涩或细滑。

治则：滋补肝肾，化痰祛瘀通络。

取穴：外耳、枕、肾、肝、腰骶椎、耳中。

四、先天不足

症状：腰椎骶化，骶椎腰化，骶椎隐性裂，游离棘突等。

治则：壮腰健肾，通经活络。

取穴：腰骶椎、神门、肾、脾、外生殖器。

五、外邪

症状：若汗出当风，露卧贪凉，寒湿侵袭，痹阻筋脉，久而不散，肌筋转趋弛弱，而患者劳作如故，使劳损与寒湿并病。

治则：温经散寒，强筋壮骨。

取穴：脾、肾、肝、皮质下、肾上腺、内分泌。

第十二节　膝髌肿痛

膝髌肿痛是指膝部肿大疼痛而言，也称历节风、鹤膝风。

【病因病机】

湿热阻滞：因风湿侵袭而致，或得之于露卧受凉，或受渍于水湿之中，随其体质强弱而转化。从热化者为湿热，湿热稽留，蕴结经脉，聚于膝部，发为肿痛。

寒湿阻滞：因风湿侵袭而致，或得之于露卧受凉，或受渍于水湿之中，随其体质强弱而转化。从寒化者为寒湿，寒湿稽留，深伏于膝，气血阻滞，发为肿痛。

瘀血闭阻：本症有两种情况，一为外伤所致，或跌伤，或创伤，或击伤，使局部青紫，血行迟滞，瘀热生毒，发为膝肿痛；二为风毒外侵，与血热相搏，热毒内攻，而发膝肿痛。

肝肾亏虚：膝关节为肝脾肾三经所系，肝主筋、脾主肉、肾主骨，膝为筋、肉、骨之大会。若病后虚赢，三阴俱损，外邪渐侵于内，稽留膝部则病膝肿痛。

【辨证治疗】

一、湿热阻滞

症状：起病较急，病变关节红肿、灼热、疼痛，甚至痛不可触，得冷则舒为特征；可伴有全身发热，或皮肤发热，或皮肤红斑、硬结，舌质红，苔黄，脉滑数。

治则：清热疏风，除湿止痛。

取穴：1.屏尖、内分泌、肾上腺、膝、神门。

2.膝、神门、交感、内分泌。

二、寒湿阻滞

症状：肢体关节酸楚疼痛、痛处固定，有如刀割或有明显重着感或者表现肿胀感，关节活动欠灵活，畏风寒，得热则舒，舌质淡，苔白腻，脉紧或濡。

治则：祛风散寒，除湿止痛。

取穴：1. 肾、皮质下、膝、肾上腺、三焦。
　　　2. 膝、神门、交感、肾、脾。

三、瘀血闭阻

症状：肢体关节刺痛，痛处固定，局部有僵硬感，或麻木不仁，舌质紫暗，苔白而干涩。

治则：活血化瘀，舒筋止痛。

取穴：1. 耳中、肝、膝、坐骨神经、内分泌、皮质下。
　　　2. 膝、耳中、神门、交感。

四、肝肾亏虚

症状：膝关节隐隐作痛，腰酸软无力，酸困疼痛，遇劳更甚，舌质红，少苔，脉细无力。

治则：滋补肝肾，强壮筋骨。

取穴：1. 肝、肾、外耳、膝、口、外生殖器。
　　　2. 膝、肝、肾、外耳、腰骶椎。

第十三节　转筋

转筋，也称腓踹，是以小腿肌肉（腓肠肌）的抽搐拘挛为主要表现的一种症状。相当于西医学中的腓肠肌痉挛。

【病因病机】

气血不足：多见于素体虚弱，或久病体衰之人。气血不足，筋脉失荣而致转筋，劳累后气血越虚，则易诱发转筋。

肝肾不足：多见于老年人，肝主筋，肝主藏血，肾主藏精，肝肾不足，精血亏虚，筋脉失养故见转筋。

风寒外袭：多有肢体，尤其是双腿感受风寒史，或居处寒冷，或涉水雨淋。寒为阴邪，其性凝滞、收引，风寒外袭，气血运行不畅，筋脉收引拘急故转筋，受寒后易诱发。

【辨证治疗】
一、气血不足

症状：腿转筋，仅见手指、足趾转筋，劳累易诱发，面色不华，气短懒言，头晕目眩，心悸不寐，乏力纳少，舌质淡，苔薄白，脉沉细无力。

治则：益气养血。

取穴：1.脾、肝、口、三焦、肺。
　　　2.脾、肝、神门、心、相应部位。

二、肝肾不足

症状：转筋时作，多见于老年人，腰膝酸软，头晕耳鸣，健忘体痛，舌淡红，苔薄白，脉弦细。

治则：补益肝肾。

取穴：1.口、枕、外生殖器、肝。
　　　2.肝、肾、外耳、膝透踝。

三、风寒外袭

症状：转筋时作，受寒易诱发，肢节冷痛，舌质淡，苔薄白，脉弦。

治则：祛风散寒。

取穴：1.脾、小肠、肺、胃。
　　　2.风溪、肾、肝、膀胱、膝透踝。

第十四节　足痛

踝关节以下部位发生的疼痛称足痛，包括足心痛、足背痛、足趾痛等。

【病因病机】

风湿痹阻：由风与湿合浸淫肌肤，留滞经络而成痹证。

寒湿凝滞：多由汗出之后冷水洗足，或久立寒湿之地，寒湿入侵所致。

肝肾阴虚：肝藏血，主筋；肾藏精，主骨，肝肾亏虚，骨髓失常，则发为足痛。故先天禀赋不足，或强力劳动损及筋骨，或纵欲无度，肝肾不足，可为足痛成因。

【辨证治疗】
一、风湿痹阻

症状：足部疼痛，遇阴雨寒冷加重，常见有四肢关节疼痛，肿胀，屈伸不利，下肢困重，舌苔薄白，脉濡缓。

治则：祛风化湿，通痹疏络。

取穴：1.肝、脾、大肠、皮质下。

2.风溪、脾、内分泌、相应部位。

二、寒湿凝滞

症状：足部疼痛，以足趾为多，走路时下肢沉困乏力，痛甚则跛行，小腿酸胀重着，肌肤冷而苍白，逐渐变为紫暗，患肢怕冷，麻木刺痛，入夜尤甚，舌淡苔白。

治则：温经散寒，活血通脉。

取穴：1.膀胱、角窝上、趾、肝。

2.肾、膀胱、膝透踝、神门。

三、肝肾阴虚

症状：足心痛为多，行走不便，不耐久立，头晕耳鸣，腰膝酸软，两眼昏花，脉沉细无力。

治则：滋补肝肾，强筋健骨。

取穴：1.额、耳中、跟、肝、肾。

2.肝、肾、外耳、相应部位。

第十五节　足跟痛

足跟痛，是指一侧或双侧足跟部发生疼痛而言。足跟痛有时与足痛或其他关节痛并见，本节主要讨论以足跟痛为突出表现者。

【病因病机】

气血亏虚：由久病或大病之后，或失血之后，气血亏虚，血虚不荣所致。

肝肾亏虚：由强力劳损筋骨或纵欲无度，肝肾不足，骨髓失养所致。

风寒湿阻：常由风寒与湿合而致病，即为风寒湿痹足跟痛。

【辨证治疗】
一、气血亏虚

症状：足跟疼痛，历时久渐，皮不红肿，日间活动痛缓，入夜疼痛加重，神疲肢倦，面色苍白，畏风自汗，舌质淡，脉细弱。

治则：益气养血。

取穴：1. 肾、肝、三焦、口、耳中。

　　　2. 肾、脾、胃、跟、神门。

二、肝肾亏虚

症状：足跟疼痛，不耐久立，局部皮不红肿，腰膝酸软，头晕耳鸣，两眼昏花，舌质淡，脉沉细无力，或舌质红，脉细数。

治则：滋补肝肾。

取穴：1. 口、枕、外生殖器、肾、缘中。

　　　2. 肝、肾、外耳、跟。

三、风寒湿阻

症状：足跟疼痛，同时伴足部或其他关节疼痛，局部肿胀，下肢困重，遇阴雨寒冷天加重，舌苔薄白，脉濡缓。

治则：散寒化湿，祛风通络。

取穴：1. 肾、肺、跟、肾上腺、心。

　　　2. 膀胱、风溪、肾、跟。

第七章

妇产科疾病

第一节　痛经

痛经系由情志所伤，六淫为害，导致冲任受阻；或因素体不足，胞宫失于濡养，致经期或经行前后呈周期性疼痛的月经病。

【病因病机】

气血瘀滞：素多抑郁，经期或经期前后复伤于情志，肝气更加怫郁，郁则气滞，气滞则血瘀，血海气机不利，经血运行不畅，发为痛经。

寒湿凝滞：多于经期冒雨、涉水、游泳，或经水临行贪食生冷，内伤于寒，或过于贪凉，或久卧湿地，风冷寒湿客于冲任、胞中，以致经水凝滞不畅；或素体阳虚，阴寒内盛，冲任虚寒，致使经血运行迟滞，均可使血滞不行，留聚而痛。

肝郁湿热：素有湿热内蕴，流注冲任，阻滞气血，或情志不畅，肝气郁结，郁热与经血相搏结，而发为痛经。

气血亏虚：脾胃素弱，化源不足，或大病久病，气血俱虚，冲任气血虚少，经行以后，血海空虚，冲任、胞脉失于濡养，兼之气虚血滞，无力流通，因而发生痛经。

肝肾亏损：多因禀赋素弱，肝肾本虚；或因多产房劳，损及肝肾，精亏血少，冲任不足，胞脉失养，行经之后，精血更虚，冲任、胞宫失于濡养，而致痛经。

【辨证治疗】

一、气血瘀滞

症状：经前或经期小腹胀痛拒按，或伴乳胁胀痛，经行量少不畅，色紫黑有块，块下痛减，舌质紫暗或有瘀点，脉沉弦或涩。

治则：行气化瘀止痛。

取穴：1.肝、内生殖器、脑干、脾。

　　　2.肝、腹、盆腔、耳中。

二、寒湿凝滞

症状：经行小腹冷痛，得热则舒，经量少、色紫暗有块。伴形寒肢冷，小便清长，苔白，脉细或沉紧。

治则：温经散寒，除湿止痛。

取穴：1.肾、盆腔、宫颈、交感、心。

2.肝、肾、耳中、内生殖器、盆腔、神门。

三、肝郁湿热

症状：经前或经期小腹疼痛，或痛及腰骶，或感腹内灼热。经行量多质稠，色鲜或紫，有小血块，伴乳胁胀痛，大便干结，小便短赤，带下黄稠，舌质红，苔黄腻，脉弦数。

治则：疏肝清热利湿。

取穴：1.肝、肾、耳迷根、交感、内生殖器。

2.肝、肾、耳中、脾、皮质下、盆腔。

四、气血亏虚

症状：经期或经后小腹隐痛喜按，经行量少质稀，形寒肢倦，头晕目眩，心悸气短，舌质淡，苔薄，脉细弦。

治则：益气补血止痛。

取穴：1.心、三焦、脾、交感、耳迷根。

2.耳迷根、内分泌、内生殖器、交感。

五、肝肾亏损

症状：经期或经后小腹绵绵作痛，经行量少，色红无块，腰膝酸软，头晕耳鸣，舌淡红、苔薄，脉细弦。

治则：滋补肝肾止痛。

取穴：1.肝、肾、耳迷根、口、交感、枕。

2.肝、肾、外耳、内分泌、交感。

第二节　经行头痛

每遇经期或行经前后，出现以头痛为主要症状，经后辄止者，称为经行头痛。

【病因病机】

肝火：情志内伤，肝气郁结，气郁化火。冲脉附于肝，经行时阴血下聚，冲气偏旺，冲气挟肝火上逆，气火上扰清窍而经行头痛。

血瘀：情志不畅，肝失条达，气机不宣，血行不畅，瘀血内留，或正值经期遇寒饮冷，血为寒凝，或跌仆外伤，瘀血内阻。足厥阴肝经循颠络脑，经行时气血下注于胞宫，冲气挟肝经之瘀血上逆，阻滞脑络，脉络不通，因而经行头痛。

血虚：素体虚弱，或大病久病，长期慢性失血，或脾虚气血化源不足，或失血伤精致精亏血虚，经行时精血下注冲任，阴血愈感不足，血不上荣于脑，脑失所养，遂致头痛。

【辨证治疗】
一、肝火

症状：经行颠顶掣痛，月经量稍多，色鲜红，头晕目眩，烦躁易怒，口苦咽干，舌质红，苔薄黄，脉弦细数。

治则：清泻肝火，熄风止痛。

取穴：1.肝、神门、枕、耳中。
　　　2.肝、耳中、肾、三焦、内分泌。

二、血瘀

症状：头痛剧烈，痛有定处，经色紫暗有块，小腹疼痛拒按，胸闷不舒，舌暗，边尖有瘀点，脉细涩或弦涩。

治则：活血化瘀，通窍止痛。

取穴：1.耳中、肝、三焦、神门、交感。
　　　2.内分泌、三焦、耳中、盆腔。

三、血虚

症状：头痛头晕，绵绵作痛，经量少，色淡质稀，心悸少寐，神疲乏力，面色苍白，舌淡，苔薄，脉细弱。

治则：养血益气，通络止痛。

取穴：1.口、肝、三焦、额、神门、耳迷根。
　　　2.脾、肝、心、内分泌、神门。

第三节　闭经

闭经系因血枯精亏或气滞痰阻，导致女子年逾 18 周岁月经未至，或正常月经周期建立后，又停经 3 个月以上的月经病。

【病因病机】

肾气不足：禀赋不足，肾气未盛，精气未充，冲任失于充养，无以化为经血，乃至经闭；或因多产、堕胎、房劳，或久病及肾，以致肾精亏耗、精血亏乏、源断其流、冲任亏损，胞宫无血可下，而成闭经。

气血亏虚：脾胃素弱，或饮食劳倦，或忧思过度，损伤心脾，营血不足；或大病、久病，或吐血、下血、堕胎、小产等数脱于血，或哺乳过长过久，或患虫积耗血，以致冲任大虚，血海空乏，无血可下，故成闭经。

痰湿阻滞：肥胖之人，多痰多湿，痰湿壅阻经髓，或脾虚失运，湿聚成痰，脂膏痰湿阻滞冲任，胞脉闭则经不行。

阴虚内热：素体阴虚，或失血伤阴，或久病耗血，阴虚内热，以致血海燥涩干涸，而成经闭。

血寒凝滞：多因冒雨、涉水、久卧湿地或过食生冷，寒湿客于冲任、胞中，或素体阳虚、阴寒内盛、冲任虚寒、寒血凝滞，而成经闭。

血瘀气滞：内伤七情，肝气郁结不达，气血瘀滞，或因经、产之时，血室正开，感受寒邪，血与寒凝而瘀，或因热邪煎熬阴血成瘀。气滞则血瘀，血瘀必气滞，两者相因而致，冲任瘀阻，胞脉壅塞，经水阻隔不行，而致经闭。

【辨证治疗】

一、肾气不足

症状：年逾 18 周岁，月经未至或来潮后复闭，素体虚弱，头晕耳鸣，第二性征不足，腰腿酸软，腹无胀痛，小便频数，舌淡红，脉沉细。

治则：补肾调经。

取穴：1.肾、外耳、枕、腰椎。

　　　2.肾、肝、胃、内生殖器。

二、气血亏虚

症状：月经周期后延，经量偏少，继而闭经。面色不荣，头晕目眩，心悸气短，神疲乏力，舌淡边有齿痕，苔薄，脉细无力。

治则：补气养血，调经。

取穴：1.心、脾、口、三焦、内生殖器、内分泌。

2.心、肾、脾、内分泌、皮质下。

三、痰湿阻滞

症状：月经停闭，形体肥胖，神疲嗜睡，头晕目眩，胸闷泛恶多痰，带下量多，苔白腻，脉濡或滑。

治则：利湿祛痰，调经。

取穴：1.脾、口、三焦、内分泌、胃。

2.胃、脾、肝、肾、三焦、内生殖器。

四、阴虚内热

症状：月经先多后少，渐至闭经，五心烦热，颧红目赤，潮热盗汗，口干舌燥，舌质红或有裂纹，脉细数。

治则：养阴清热，调经。

取穴：1.心、肾、耳中、内分泌、皮质下。

2.交感、心、肾、肝、内分泌、盆腔。

五、血寒凝滞

症状：经闭不行，小腹冷痛，得热痛减，四肢欠温，大便不实，苔白，脉沉紧。

治则：活血散寒，调经。

取穴：1.心、肾、交感、内生殖器。

2.内生殖器、肾、脾、内分泌。

六、血瘀气滞

症状：月经闭止，胸胁胀满，小腹胀痛，精神抑郁，舌质紫黯，边有瘀点，苔薄，脉沉涩或沉弦。

治则：理气活血，调经。

取穴：1.肝、脾、三焦、内分泌。

2.肝、脾、肾、耳中、内分泌、缘中。

第四节　月经量少

月经量少，是指经血排出量明显减少，甚至点滴即净；或经行时间过短，不足两天，经量也因而减少。

【病因病机】

肾虚：禀赋不足，或房劳过度，或产多乳众，肾气受损，精血不充，冲任血海亏虚，经血化源不足，以致经行量少。

血虚：素体血虚，或久病伤血，营血亏虚，或饮食劳倦、思虑过度伤脾，脾虚化源不足，冲任血海不充，遂致月经量少。

血瘀：感受邪气，邪与血结成瘀；或素多忧郁，气滞血瘀，瘀阻冲任，血行不畅，致经行量少。

痰湿：素多痰湿，或脾虚湿聚成痰，冲任受阻，血不畅行而经行量少。

【辨证治疗】

一、肾虚

症状：经量素少或渐少，且经色暗淡，质稀，腰膝酸软，足跟痛，头晕耳鸣，小腹冷，夜尿多，舌淡，脉沉弱或沉迟。

治则：补肾益精，养血调经。

取穴：1.肾、外耳、脾、盆腔。

　　　2.肾、肝、内生殖器、膀胱、内分泌。

二、血虚

症状：月经量少，甚或点滴即净，色淡，质稀，小腹隐痛，面色萎黄，心悸怔忡，舌淡，脉细。

治则：补益气血，养血调经。

取穴：1.脾、交感、枕、内生殖器、盆腔。

　　　2.脾、肝、肾、内生殖器、内分泌。

三、血瘀

症状：经行涩少，色紫暗，有血块，小腹胀痛，舌紫暗，或有瘀斑、瘀点，脉涩。

治则：活血化瘀，通络调经。

取穴：1.缘中、肝、耳中、内分泌。

　　　2.肝、耳中、内分泌、三焦、内生殖器。

四、痰湿

症状：经量渐少，色淡质黏腻，形体肥胖，胸闷呕恶，带下量多而黏腻，舌淡，苔腻，脉滑。

治则：健脾燥湿，通络调经。

取穴：1.耳中、脾、肺、肝、内生殖器。

2.肝、脾、肾、耳中、盆腔。

第五节　崩漏

崩漏因血热、脾虚、肾虚、血瘀等导致冲任损伤，不能约制经血，非时而下。量多如注者为崩，量少淋漓不尽者为漏，两者常交替出现。多见于西医学中的功能失调性子宫出血。

【病因病机】

血热内扰：素体阳盛，肝火易动，或素性抑郁，郁久化火，或感受邪热，或过服辛辣助阳之品，酿成实火，热伤冲任，迫血妄行，致成崩漏。

气不摄血：忧思过度，饮食劳倦，损伤脾气，脾伤则气陷，统摄无权，冲任失固，不能约制经血，故成崩漏。

肾阳亏虚：先天不足，肾气稚弱，天癸初至，冲任未盛，或因更年期肾气渐虚，或因不当之手术，损伤胞宫冲任以致肾虚，肾气虚则封藏失司，冲任失固，不能约制经血，乃成崩漏。

肾阴亏虚：素体阴虚，或久病，失血以致阴伤，阴虚水亏，虚火动血，致成崩漏。

瘀滞胞宫：七情所伤，冲任郁滞，或经期、产后余血未尽又感于寒热，以致成瘀，瘀滞胞宫，血不归经，发为崩漏。

【辨证治疗】

一、血热内扰

症状：经血量多，或淋漓不净，色深红或紫红，质黏稠，挟有少量血块。面赤头晕，烦躁易怒，口干喜饮，便秘尿赤，舌质红，苔黄，脉弦数或滑数。

治则：清热凉血，止血调经。

取穴：1.心、肝、耳中、内生殖器。

2.神门、耳尖、屏间、内生殖器、脾、肝。

二、气不摄血

症状：经血量多，或淋漓不净、色淡质稀，神疲懒言，面色萎黄，动则气促，头晕心悸，纳呆便溏，舌质淡胖或边有齿痕，舌苔薄润，脉芤或细无力。

治则：补气摄血，养血调经。

取穴：1.脾、肝、内生殖器、肾上腺。

2.肾上腺、缘中、耳中、脾。

三、肾阳亏虚

症状：经血量多，或淋漓不净，色淡质稀，精神不振，面色晦暗，肢冷畏寒，腰膝酸软，小便清长，舌质淡，苔薄润，脉沉细无力。

治则：温补肾阳，止血调经。

取穴：1.肾、肝、脾、外生殖器、口。

　　　2.肝、脾、肾、内生殖器、缘中、三焦。

四、肾阴亏虚

症状：经血时多时少，色鲜红，头晕耳鸣，五心烦热，夜寐不安，舌质红或有裂纹，苔少或无苔，脉细数。

治则：滋阴补肾，止血调经。

取穴：1.肾、外耳、脾、肾上腺。

　　　2.肾、皮质下、外耳、脾、肝。

五、瘀滞胞宫

症状：经血漏淋漓不绝，或骤然暴下，色暗或黑，夹有瘀块，小腹疼痛，块下痛减，舌质紫暗或边有瘀斑，脉沉涩或弦紧。

治则：活血化瘀，止血调经。

取穴：1.肾、脾、交感、耳中、皮质下。

　　　2.肝、耳中、脾、肾、腹、内生殖器。

第六节　月经先后无定期

月经先后无定期，又称经乱，指月经不按周期来潮，时或提前时或错后，在七天以上，没有一定规律。

【病因病机】

肝郁肾虚：肝郁肾虚，疏泄闭藏失职，导致冲任气血功能紊乱，而发本症。

心脾虚弱：由于心脾两虚，气血不足，冲任失盈，故经来愆期，先后无定。

【辨证治疗】

一、肝郁肾虚

症状：经期有时赶前，有时错后，血量或多或少，经前或月经刚来时乳房胀痛，或小腹胀痛，连及两胁，腰部酸胀，脉沉弱兼弦。

治则：疏肝补肾。

取穴：1.肝、肾、脾、神门、内生殖器。

2.内生殖器、内分泌、枕、外耳、耳中。

二、心脾虚弱

症状：经期先后无定，量少色淡，头晕心悸，神疲乏力，大便易溏，舌淡苔薄，脉虚细。

治则：补益心脾。

取穴：1.外耳、口、三焦、耳迷根。

2.盆腔、内分泌、缘中、皮质下。

第七节　经断前后诸症

经断前后诸症是指妇女在绝经期伴随出现的一系列症状和体征，又称经断前后证候。

【病因病机】

肝肾阴虚：多因经孕产乳，耗伤精血，天癸渐竭，阴精不复，肾阴渐虚，肝肾同源，肾水枯竭，肝血不充，肝木失养，肝阳上亢而发本证。

脾肾阳虚：多因素体阳虚，接近绝经期，肾气渐虚，若过服寒凉或房事所伤，致使肾阳虚愈，不能温煦脾阳，脾失健运，生化无权引发本证。此状为偏阳虚的证候，责之于脾肾。

心脾两虚：多因绝经前后肾气已衰，若思虑过度，或劳倦过度，损伤心脾，暗耗心血，脾失健运，血虚不复，心无所主，而致心脾两虚。此状为偏气虚的证候，责之于心脾。

心肾不交：系由于产乳过重，精血耗伤，天癸将竭，肾阴不足，不能上济于心，致心肾不交，水火不济，而发本证。

【辨证治疗】
一、肝肾阴虚

症状：月经推迟，稀发或闭经，平时带下量少，阴道干涩，潮热汗出，五心烦热，失眠多梦，腰膝酸软，心烦易怒，头晕耳鸣，胁痛口苦，甚或情志异常，舌红少苔，脉细弦数。

治则：滋补肝肾，育阴潜阳。

取穴：1.肾上腺、脾、神门、外耳、外生殖器。

2.肝、肾、内分泌、交感、内生殖器。

二、脾肾阳虚

症状：月经紊乱，或闭经，面色晦暗，精神萎靡，气短懒言，厌食，形寒肢冷，腰膝酸软，浮肿便溏，舌胖淡，苔薄白，脉沉细无力。

治则：温肾扶阳，佐以健脾。

取穴：1.肾、耳中、枕、口、肾上腺。

2.脾、腰骶椎、外耳、盆腔。

三、心脾两虚

症状：月经紊乱，或崩或漏，烘热汗出，或怕冷，心悸气短，健忘失眠，面色萎黄，或虚浮，脘腹作胀，纳少便溏，舌淡苔薄，脉细。

治则：补益心脾。

取穴：1.口、交感、内生殖器、缘中。

2.皮质下、耳背脾、耳背心、盆腔。

四、心肾不交

症状：月经紊乱，或闭经，心悸怔忡，失眠健忘，潮热汗出，心烦不宁，舌红少苔，脉沉细数。

治则：滋肾补心，交通心肾。

取穴：1.缘中、交感、肾上腺、口、枕。

2.心、肾、神门、内生殖器、内分泌、交感。

第八节 带下病

带下病系由湿邪影响冲任，带脉失约，任脉失固，导致阴道分泌物量多或色、质、气味的异常改变。多见于西医学中的阴道炎、宫颈炎等炎症性疾病。

【病因病机】

脾虚湿困：饮食不节，劳倦过度；思虑过多，情绪抑郁，肝气乘脾，损伤脾气，运化失常，水谷之精微不能上输以化血，反聚而成湿，流注下焦，伤及任、带而为带下。

肾阴亏虚：素体阴虚，或久病、失血以致阴伤，阴虚水亏，相火偏旺，阴虚失守，任、带不固而为带下。

肾阳亏虚：素体肾气不足，下元亏损，或房劳多产，伤及肾气，封藏失职，阴液滑脱而下以致带下。

湿热下注：经行产后，胞脉空虚，或因摄生不洁，或因久居阴湿之地，或因手术损伤，以致湿邪乘虚而入，蕴而化热，伤及任、带，发为带下。亦有肝胆湿热下注，导致赤白带下。

【辨证治疗】

一、脾虚湿困

症状：分泌物色白或淡黄，量多如涕，无臭，绵绵不断，恶心纳少，腰酸神倦，舌淡胖，苔白腻，脉缓弱。

治则：健脾除湿，固涩止带。

取穴：1.脾、口、三焦、耳迷根。

2.肝、脾、肾、肾上腺、内分泌。

二、肾阴亏虚

症状：分泌物色黄或兼赤，质黏无臭，阴户灼热，五心烦热，腰酸耳鸣，头晕心悸，舌红苔少，脉细数。

治则：滋阴补肾，清热止带。

取穴：1.肾、肾上腺、口、外生殖器。

2.肝、脾、肾、盆腔、皮质下。

三、肾阳亏虚

症状：分泌物量多，清稀如水，或透明如鸡子清，绵绵不绝，腰酸腹冷，小便频数清长，夜间尤甚，舌质淡，苔薄白，脉沉迟。

治则：温补肾阳，固涩止带。

取穴：1.肾、内生殖器、外生殖器、胃。

2.肝、脾、肾、盆腔、枕、口、内分泌。

四、湿热下注

症状：分泌物量多，色黄或兼绿，质黏稠，或如豆渣，或似泡沫，气秽或臭，阴户灼热瘙痒，小便短赤，或伴有腹部掣痛，舌质红，苔黄腻，脉濡数，白睛可见心区或下焦区脉络红赤而充盈屈曲。兼肝胆湿热者，出现乳胁胀痛，头痛口苦，烦躁易怒，大便干结，舌红，苔黄，脉弦数。

治则：清利湿热止带。

取穴：1.心、肝、脾、神门、内分泌。

2.肝、脾、肾、三焦、内分泌、盆腔。

第九节　癥瘕

癥瘕，也称子宫肌瘤，主要是指女性腹内有肿块的一类疾病，这类肿块主要涵盖了西医学所讲的一些盆腔内生殖器的良性病变，内生殖器主要包括子宫、卵巢和输卵管，这些良性病变例如子宫肌瘤、子宫腺肌瘤、输卵管积水、输卵管系膜囊肿、卵巢部位的畸胎瘤、卵巢巧克力囊肿，或者是陈旧性的宫外孕等，都属于中医癥瘕病的范畴。

子宫肌瘤是女性生殖器最常见的一种良性肿瘤，多见于育龄妇女，少数表现为阴道出血，腹部触及肿物以及压迫症状等，如发生蒂扭转或其他情况时可引起疼痛，以多发性子宫肌瘤常见。

【病因病机】

中医学认为，本病的形成多与正气虚弱，血气失调有关。或由经期产后，内伤生冷，外受风寒，或郁怒伤肝，气逆血滞，或忧思伤脾，气虚而血凝，或积劳成疾，气弱而不行所致。常以气滞血瘀，痰湿内阻等因素结聚而成。且正气虚弱为形成本病的主要病机，一旦形成，邪气愈甚，正气愈伤，故后期形成正气虚，邪气实，虚实错杂之癥瘕。

【辨证治疗】

一、气滞血瘀

症状：腹中积块，固定不移，经前、经行下腹胀痛、拒按。前后阴坠胀欲便，经血紫黯有块，块去痛减，胸闷乳胀，舌紫黯有瘀点，脉弦涩。

治则：理气活血，化瘀止痛。

取穴：三焦、耳中、腹、交感、盆腔。

二、寒凝血瘀

症状：下腹结块，经前或经行小腹冷痛，喜温畏寒，疼痛拒按，得热痛减。经量少，色紫黯，或经血淋漓不净，形寒肢冷，面色苍白，舌紫黯苔薄白，脉沉紧。

治则：温经散寒，活血祛瘀。

取穴：耳中、肾、交感、腹、内生殖器。

三、湿热瘀结

症状：下腹结块，经期腹痛加重，得热痛增。月经量多，色红或深红，质黏。平素带下量多，色黄质黏，舌质紫黯，苔黄腻，脉濡数或滑数。

治则：清热利湿，活血祛瘀。

取穴：肝、脾、内分泌、盆腔、内生殖器、肾上腺。

四、痰瘀互结

症状：下腹结块，婚久不孕，经前经期小腹掣痛，疼痛拒按。平素形体肥胖，头晕沉重，胸闷纳呆，带下量多，色白质黏，舌黯，苔白滑或白腻，脉沉。

治则：化痰散结，活血祛瘀。

取穴：耳中、交感、肾上腺、内生殖器、盆腔、内分泌。

五、肾虚血瘀

症状：下腹结块，经期或经后腹痛，痛引腰骶。不孕或易流产。月经先后无定期，经行量少，色淡黯质稀或有血块，头晕耳鸣，腰膝酸软，舌黯滞或有瘀点，苔薄白，脉沉细而涩。

治则：益肾调经，活血化瘀。

取穴：肾、耳中、枕、外生殖器、口、三焦。

第十节 妊娠恶阻

妊娠恶阻是指妊娠早期冲脉之气上逆、胃失和降，出现呕吐厌食，或食入即吐的疾病。相当于妊娠剧吐。

【病因病机】

肝胃不和：孕后阴血聚于下以养胎，阴血不足，则肝气偏旺，若素性肝旺或恚怒伤肝，则肝气愈旺，肝之经脉挟胃，肝旺侮胃，胃失和降而呕恶。

脾胃虚弱：受孕之后，经血不泻，冲脉之气较盛，冲脉隶于阳明，若脾胃素虚，冲气上逆则可犯胃，胃气虚则失于和降，反随冲气上逆而作呕恶。

痰湿阻滞：饮食不节，劳倦过度，损伤脾气，脾虚不运，痰湿内生，冲气挟痰湿上逆而致恶心呕吐。

气阴两虚：素体虚弱，或久病不愈，耗伤气血，或失血之后，虚而不复，或脾胃虚弱，不能健运水谷以生化气血，以致气血两虚，受孕之后，阴血聚于下以养胎，使气阴更虚，冲脉之气上逆，胃失和降，而致恶心呕吐。

【辨证治疗】
一、肝胃不和

症状：妊娠初期呕吐酸水或苦水，恶闻油腥，胸满胁痛，心烦口苦，嗳气叹息，头胀而晕，舌淡红，苔微黄，脉弦滑。

治则：疏肝和胃，降逆止呕。

取穴：肝、胃、耳中、外耳、胰胆。

二、脾胃虚弱

症状：妊娠初期呕吐不食，或吐清水，头晕体倦，脘痞腹胀，舌淡，苔白，脉缓滑。

治则：健脾和胃，降逆止呕。

取穴：脾、胃、耳中、口、三焦。

三、痰湿阻滞

症状：妊娠早期，呕吐痰涎，口淡而腻，不思饮食，胸腹满闷，舌淡，苔白腻，脉滑。

治则：健脾祛湿，和胃止呕。

取穴：脾、三焦。亦可配中脘、足三里、丰隆。

四、气阴两虚

症状：妊娠剧吐，甚至吐苦黄水或兼血水，频频发作，持续日久，以致精神萎靡，嗜睡消瘦，双目无神，眼眶下陷，肌肤干皱失泽，低热口干，尿少便艰，舌红少津，苔薄黄或光剥，脉细，滑数无力。

治则：滋阴补气，降逆止呕。

取穴：脾、耳中、口、三焦、神门。

第十一节 产后身痛

产妇在产褥期内，出现肢体、关节酸痛、麻木、重着者，称为产后身痛，俗称产后风。

【病因病机】

血虚：素体血虚，或产时、产后失血过多，阴血愈虚，四肢百骸、筋脉关节失之濡养，而致肢体酸楚、麻木、疼痛。

血瘀：产伤血瘀，或产后恶露去少，余血未净，瘀血留滞经络、筋骨之间，气血运行受阻，以致产后身痛。

外感：产后百节空虚，卫表不固，起居不慎，风、寒、湿邪乘虚而入，客于经络、关节、肌肉，凝滞气血，经脉痹阻，瘀滞作痛。

肾虚：素体肾虚，复因产伤动肾气，耗伤精血，胞脉失养，则腰腿肢节疼痛。

【辨证治疗】

一、血虚

症状：遍身疼痛，肢体麻木，关节酸楚，面色萎黄，头晕，舌淡，苔薄白，脉细无力。

治则：益气补血，通络止痛。

取穴：1.三焦、神门、皮质下、肝、脾。

2.脾、心、肾、耳中、神门、相应部位。

二、血瘀

症状：遍身疼痛，或关节刺痛，按之痛甚，恶露量少色暗，或小腹疼痛拒按，舌紫暗，苔薄白，脉弦涩。

治则：养血活络，行瘀止痛。

取穴：1.皮质下、耳中、神门。

2.耳中、三焦、内分泌、神门、相应部位。

三、外感

症状：遍身疼痛，项背不舒，关节不利，或其痛处游走无定，或关节肿胀、重着，或肢体麻木，舌淡，苔薄白，脉浮紧。

治则：养血祛风，散寒除湿。

取穴：1.胰胆、肺、肾、耳中。

2.风溪、脾、肝、膀胱、相应部位。

四、肾虚

症状：遍身疼痛，腰膝疼痛，足跟疼痛，头晕耳鸣，夜尿多，舌淡暗，苔薄，脉沉细弦。

治则：补肾填精，强腰壮骨。

取穴：1.肺、枕、外耳、外生殖器。

2.肾、腰骶椎、跟、脾。

第八章
五官科疾病

第一节　耳聋、耳鸣

耳聋，是指耳的听觉失聪，不能听到外界声响而言。轻者，听而不真，称为重听；重者，不闻外声，则为全聋。

耳鸣、耳聋二症，关系甚为密切，因耳鸣为耳聋之渐，耳聋为耳鸣之甚，两者不可绝对划分，故本文合并论述。

【病因病机】

风热袭肺：系因外感风热，或风寒郁久化热所致，肺之络会于耳中，肺受风热，久而化火上犯，以致窍与络俱闭，窍闭则鼻塞不通，络闭则耳聋无闻。

肝阳上亢：系因肝肾阴虚，肝阳上亢所致，为本虚标实，发病缓慢，耳聋耳鸣的程度时轻时重。

肾阴虚：肾为先天之本，藏精生髓，上通于脑，开窍于耳。肾精不足，则耳窍失养，轻则耳鸣，重则听力下降甚至耳聋失聪。

心肾不交：心肾为水火之脏，水火相济，心肾相交。水火失调，则心肾不交。耳鸣声微，寐差则耳鸣加重，耳聋明显。

脾胃虚弱：脾胃为气血生化之源，脾胃虚弱或脾阳不振，则清气不能上升，浊阴阻滞耳部经脉。

痰火：乃气道不通，痰火郁结，壅塞而成聋也。

气滞血瘀：因情志不遂或外伤，气血瘀滞，以致肝气郁结，疏泄失职，气滞则血凝。

【辨证治疗】
一、风热袭肺

症状：一侧或双侧耳聋，耳鸣如刮风样，并有耳闭胀闷感，伴鼻塞、涕多、头痛、发热，舌质红，苔薄，脉浮数。

治则：宣泄肺气，佐以清解。

取穴：肺、肾、外耳、内分泌、三焦。

二、肝阳上亢

症状：耳鸣耳聋，眩晕胀痛，伴有面红目赤，失眠健忘，咽干口燥，腰膝酸软，舌红少津，脉弦细而数。

治则：滋阴益肾，平肝潜阳。

取穴：肝、肾、耳中、内耳、外耳。

三、肾阴虚

症状：耳聋，逐渐加重，病程往往较长，鸣如蝉声，音低而微，伴有头晕目眩，失眠遗精，口咽发干，五心烦热，盗汗，腰膝酸痛，舌红苔薄，脉细数。

治则：滋阴补肾，清退虚热，纳气潜阳。

取穴：肾、外耳、颞、心、腰骶椎。

四、心肾不交

症状：耳鸣重听，虚烦失眠，心悸健忘，腰膝酸软，潮热盗汗，小便短赤，舌红少苔，脉细数。

治则：滋阴降火，交通心肾，引火归元。

取穴：心、肾、外耳、交感、内分泌。

五、脾胃虚弱

症状：耳聋耳鸣，劳倦加重，伴有倦怠乏力，纳少，食后腹胀，面色萎黄，便溏，舌苔薄白，脉虚弱。

治则：补中益气。

取穴：皮质下、耳背肾、外耳、内耳。

六、痰火

症状：两耳轰鸣，听音不清，耳闭堵闷，头晕而重，胸脘满闷，咳嗽痰多，二便不畅，舌质红，苔黄腻，脉弦滑。

治则：清火化痰，和胃降浊。

取穴：外耳、胃、耳中、内分泌、三焦。

七、气滞血瘀

症状：多因肝火上犯，或外伤所致，耳聋耳鸣，突然发生，伴头晕头痛，心烦急躁，胸胁胀满，舌苔薄，脉弦细。

治则：平肝潜阳，活血化瘀。

取穴：耳中、肝、外耳、三焦。

第二节　鼻渊

鼻渊亦称脑漏、鼻炎，以鼻流腥臭脓涕，鼻塞，嗅觉减退，甚则头痛，脑胀为主症。相当于西医学中的鼻窦炎、脑脊液漏。

【病因病机】

肺开窍于鼻，鼻渊的发生与肺经受邪有关。有因外感风热、风寒伏郁化热或胆经之热上升，熏蒸清窍所致；有因肺气虚寒，津液不得下降，并于空窍而成。《济生方》载："夫鼻者肺之候……其为病也，为痛，为疮疡，为清涕，为窒塞不通，为浊脓或不闻香臭，此皆肺脏不调，邪气蕴结于鼻，清道壅塞而然。"即或因风寒化热，胆热上升，上犯清窍，或因风寒袭表蕴而化热，肺气失宣，引起鼻渊。

【辨证治疗】

一、风火型

症状：鼻塞不通，时流黄涕，头晕头痛，脑胀，嗅觉不灵，甚则流脓涕，有恶臭或伴全身不适，舌质红，舌苔薄白，脉浮数。

治则：清热解毒，泄胆疏风，通利鼻窍。

取穴：1. 内鼻、肺、枕、垂前、额、神门。

　　　2. 外鼻、内分泌、垂前、耳尖。

二、风寒型

症状：鼻塞不通，时流浊涕或脓涕，有腥臭味伴头晕，脑胀，记忆力减退，精神疲乏，舌质淡，苔薄白，脉缓弱。

治则：疏风解表，宣肺利气，通利鼻窍。

取穴：1. 内鼻、肺、垂前、口、三焦、额、神门。

　　　2. 肾上腺、内鼻、垂前。

第三节　咽喉痛

咽喉痛，或称喉咙痛、咽嗌痛，是指咽喉部位的疼痛。

【病因病机】

风寒：因风寒外袭，咽喉为肺胃之门户，首当其冲，肺失宣和，邪结咽喉，故咽喉疼痛。

风热：热结咽喉，咽痛重。

湿热：因脾胃失运，湿热内蕴中焦，又受外邪，湿与邪互结，阻塞咽喉，发为咽痛，疼痛剧烈，咽部生小疱，破后可形成溃疡。

郁火：属"喉痹"之急症，其特点是会厌水肿，吞咽非常困难，有时呼吸急促，发憋。因郁火结于咽喉，气机不利。

阴虚：系阴虚津伤，虚火上炎，蒸灼咽喉所致。

气阴两虚：多系素体阴虚，相火上炎等症。

【辨证治疗】

一、风寒

症状：咽部多为微痛或刺痛，黏膜暗红而肿，常伴有鼻塞，喷嚏，清涕，咳嗽痰稀，头痛身痛，发热无汗，舌苔薄白，脉浮紧。

治则：疏风散寒。

取穴：1.大肠、肾上腺、脑干。

2.心、肺、肾上腺、耳尖、咽喉。

二、风热

症状：咽部多为刺痛，吞咽时明显，纳食尤甚，咽黏膜焮红，肿胀，常伴有发热，恶风，汗出，头痛，舌质红，苔薄黄，脉浮数。

治则：疏风清热。

取穴：1.大肠、肺、交感、屏尖。

2.咽喉、轮6、肾上腺、气管、肺。

三、湿热

症状：咽剧痛或刺痛，黏膜红肿，且生小疱，破后成溃疡，多伴有发热，咳嗽，吐黄痰，胸膈不利，舌质红，苔黄腻，脉数。

治则：解毒，利湿。

取穴：1.三焦、脾、气管。

2.咽喉、肺、口、胸、扁桃体、耳尖放血。

四、郁火

症状：咽喉刺痛，发病迅速，来势凶猛，伴吞咽困难，滴水难咽，呼吸急促，咽喉黏膜嫩红，会厌水肿，舌质红，少苔或薄黄苔，脉洪大而数。

治则：降火散结。

取穴：1.耳尖放血十滴以上。

2.肺、咽喉、气管、肾上腺、耳尖放血。

五、阴虚

症状：咽喉干痛，口干欲饮，咽中似有痰阻，不易咳出，午后痛剧，黏膜暗红，伴见午后潮热，或手足心热，盗汗，大便干，小便黄，舌质红，少苔，脉细数。

治则：滋补肺肾，清虚热。

取穴：1.口、三焦、颈椎、颈、下屏。

2.肺、外耳、内分泌、三焦、大肠。

六、气阴两虚

症状：咽干疼痛，多为隐痛，劳累加重，气短乏力，潮热，便干，舌淡苔薄，脉细无力。

治则：益气养阴。

取穴：1.三焦、口、肾。

2.肺、肾、外耳、大肠、内分泌、咽喉。

第四节　牙痛

牙痛是指牙齿因某种原因引起疼痛而言。

【病因病机】

风热犯齿：乃因风寒之邪侵犯牙体引起风寒牙痛。

风寒：乃因风热之邪侵犯牙体所致。

胃火燔龈：乃由素禀热体，复嗜辛辣香燥，胃腑蕴热，循经上蒸之故。

虚火灼龈：由年老体虚，肾之元阴亏损，虚火上炎所致。

气虚齿痛：多由劳伤过度，久病失养而耗伤元气引起。

龋齿牙痛：由平素嗜食膏粱厚味，或过食甘甜糖质，牙齿污秽，饮食余滓积齿缝之间，以致牙体被蛀蚀。

【辨证治疗】
一、风热犯齿

症状：表现为牙齿胀痛，受热或食辛辣之物即痛甚，患处得凉则痛减，牙龈肿胀，不能咀嚼食物，或腮肿而热，口渴，舌尖红，舌苔薄白或微黄而干，脉象浮数。

治则：疏风清热，止痛。

取穴：胃、牙、下颌、上颌。

二、风寒牙痛

症状：表现为牙齿作痛，抽掣样感，吸受冷气则痛甚，患处得热则痛减，时恶风寒，口不渴，舌淡红，舌苔薄白，脉浮紧或迟缓。

治则：疏风散寒，止痛。

取穴：大肠、肾、神门、牙、面颊。

三、胃火燔龈

症状：表现为牙齿疼痛，以胀痛感为主，牵引头脑或牙龈发红肿胀，齿缝间渗血渗脓，满面发热，口渴，时欲饮冷，口气热臭，恶热喜冷，或唇舌颊腮肿痛，大便秘结，尿黄，舌质偏红，舌干，舌苔黄，脉洪数或滑数。

治则：清泄胃热，止痛。

取穴：胃、大肠、三焦、牙、神门。

四、虚火灼齿

症状：表现为牙痛隐隐而作，龈肉干燥萎缩，牙根浮动，唇赤颧红，咽干而痛，五心烦热，失眠多梦，腰脊酸痛，舌红少津，舌苔少，脉细数。

治则：滋阴补肾。

取穴：肝、口、肾、外生殖器。

五、气虚齿痛

症状：表现为牙痛隐隐，痛势绵绵，牙齿浮动，咀嚼无力，牙龈不甚红肿，或虽肿胀而不红，面色㿠白，少气懒言，语言低微，倦怠乏力，自汗心悸，头晕耳鸣，小便清而频，舌体淡胖，舌苔薄白或白，脉虚弱或虚大。

治则：补气缓痛。

取穴：三焦、肺、内分泌、面颊、耳迷根。

六、龋齿牙痛

症状：表现为牙齿蛀孔疼痛，时发时止，如嚼物时伤其牙，则立时作痛，舌脉如常。

治则：清热止痛。

取穴：牙、下颌、上颌、内分泌。

第五节 牙龈肿痛

牙龈肿痛是指牙床周围的组织（包括上龈、下龈）红肿疼痛而言，一般无牙龈溃烂。

【病因病机】

风热：为外感风热，邪毒侵袭牙龈所致。

胃火：由过食辛辣之物，胃肠积热，热久火化，循阳明之经，郁于牙龈所致。

肾阴虚火旺：多由于肾阴素亏，或病后肾阴不足，虚火上炎所致。

【辨证治疗】

一、风热

症状：牙龈红肿疼痛，逐渐加重，伴发热，恶寒，口渴，舌尖红，苔薄黄，脉浮数。

治则：疏风，清热解毒。

取穴：外耳、胃、屏尖、内分泌、耳尖。

二、胃火

症状：牙龈红肿热痛甚，口渴欲冷饮，大便秘结，口气秽臭，舌质红，苔黄焦，脉滑数。

治则：清胃泻火。

取穴：胃、口、三焦、牙、颌、外耳。

三、肾阴虚火旺

症状：牙龈肿痛，色泽不鲜，疼痛程度常较轻，伴见头晕耳鸣，腰膝酸软，五心烦热，盗汗，舌红，苔少，脉细数。

治则：滋阴泻火。

取穴：外耳、枕、外生殖器、肾、牙。

第六节 口臭

口臭是指口中出气臭秽，自觉或为他人所闻而言。

【病因病机】

胃热炽盛：常在温热病或口疮、牙宣等病中出现，或素嗜辛辣厚味，致生内热，火热上蒸，其气外现。

痰热蕴肺：由于痰热壅肺，灼伤气血，瘀结成痈，血败为脓。

食滞胃肠：由饮食不节，肠胃失运，宿食停滞，遂成食积。

【辨证治疗】

一、胃热炽盛

症状：口臭口渴饮冷，口唇红赤，口舌生疮糜烂，或牙龈赤烂肿痛，溲赤便秘，舌红苔黄，脉数有力。

治则：清胃泄热。

取穴：1.耳中、口。

2.胃、大肠、口、脾、舌。

二、痰热蕴肺

症状：口气腥臭，兼胸痛胸满，咳嗽吐浊，或咳吐脓血，咽干口苦舌燥，不欲饮水，舌苔黄腻，脉滑数。

治则：清肺化痰，辟浊。

取穴：1.口、三焦、肺、交感、神门。

2.肺、胃、耳中、口、舌、内分泌。

三、食滞胃肠

症状：口中酸臭，脘腹胀满，嗳气频作，不思饮食，大便或秘或利，矢气臭秽，舌苔厚腻或腐腻，脉弦滑。

治则：消积导滞。

取穴：1.耳中、肾。

2.大肠、胃、口、脾、腹。

第七节　咽中异物感

咽中异物感指咽喉部似有异物梗阻，咳之不出，咽之不下的症状，但并不妨碍饮食进入。相当于西医学中的咽异感症。

【病因病机】

肝气上逆：多由厥阴疏泄异常，气失和降所致。

痰凝气滞：多由脾运失健，痰湿滋生，痰凝则气滞而致。

肺热阴虚：多由肺受热烁，阴液耗伤，气失肃降，咽喉不获濡润所致。

【辨证治疗】

一、肝气上逆

症状：咽部梗阻，状如梅核，咳之不出，咽之不下，时或消失，吞咽无妨。每因情志不畅而病情加重。可伴有头晕，心烦易怒，胸胁胀满，嗳气，舌苔薄，脉弦。

治则：疏肝理气。

取穴：1.耳中、肝、脾、外耳。

　　　2.肝、耳中、咽喉、肺、三焦。

二、痰凝气滞

症状：咽喉梗阻，时轻时重，痰多而黏或色黄，胸闷纳呆，舌苔腻，脉濡滑。

治则：化痰宣中，清热。

取穴：1.肺、胃、三焦、皮质下。

　　　2.肝、耳中、胃、三焦、气管、咽喉。

三、肺热阴虚

症状：咽喉嫩红，干燥微痛，介介如有物梗阻，干咳少痰，烦热盗汗，舌红，苔薄黄，脉细数。

治则：润肺清热。

取穴：1.枕、肺、对屏尖、神门。

　　　2.肺、肾、咽喉、外耳、气管。

第八节　鼾眠

鼾眠是指在睡眠中气道经常不畅，发出呼吸粗鸣，时断时续的一种症状。

【病因病机】

肺气失宣：多因外感六淫之邪束肺，使肺气失宣而致。

痰热闭肺：多由感受火热之邪，或情志不遂、气郁化火，灼津成痰，痰火胶结，闭阻肺络，气道为之不畅，呼吸不利而致。

脾虚湿蕴：多为素体脾气虚亏，或由饮食不节，嗜食肥甘醇酒厚味而内伤脾胃，脾失健运，痰湿内聚，上犯于肺，呼气不利而致。

瘀血阻滞：多由外伤造成血离经脉，或感受火毒之邪，血热毒火搏结于鼻、咽喉部，或情志失调、气机郁滞、血行不畅而致。

【辨证治疗】

一、肺气失宣

症状：鼾声响亮，时断时续，夜寐不实，鼻塞流涕，咽喉堵闷或咽痒而痛，咳嗽胸憋，舌淡暗，苔薄白，脉浮。

治则：宣肺散邪，通窍利咽。

取穴：1.肺、垂前、神门。

2.肺、内鼻、三焦、咽喉、肾上腺。

二、痰热闭肺

症状：鼾声如雷，喉间气粗痰鸣，夜寐不实，胸胁憋闷，痰黄而黏，不易咳吐，口干汗出，身热烦躁，鼻息灼热，大便秘结，小便短赤，舌红苔黄腻，脉滑数。

治则：涤痰泻火，宣降肺气。

取穴：1.垂前、耳迷根、外耳。

2.肺、肝、胃、大肠、内鼻。

三、脾虚湿蕴

症状：鼾声沉闷，呼吸如喘，夜寐不实，脘腹胀满，痰多黏腻，面色萎黄，气短乏力，神倦嗜卧，纳差恶心，大便溏结不调，舌淡胖，有齿痕，苔白腻，脉细滑。

治则：健脾益气，燥湿化痰。

取穴：1.口、胃、脾、三焦。

2.脾、肺、胃、内鼻。

四、瘀血阻滞

症状：鼾声大作，胸闷如窒，烦躁不宁，夜寐不宁，头部刺痛，或鼻咽喉肿胀疼痛，口干但欲漱水不欲咽，舌质紫黯，或见瘀点、瘀斑，脉细涩。

治则：活血化瘀，通窍。

取穴：1.垂前、耳中、肝、额。

2.肝、耳中、肺、内鼻、咽喉。

第九节　目痒

目痒，是指睑边、眦内痒，甚则痒连睛珠，痒极难忍为主症，但睛珠完好，视力也正常而得名。

【病因病机】

风热：因邪客肝胆经脉，循经上犯目窍所致。

风寒：因邪气客于眼部经脉，经脉痹阻失养所致。

火盛：是脏腑热盛，火热上炎，扰及双目所致。

血虚：血虚生风，双目发痒。

【辨证治疗】

一、风热

症状：自觉双眼奇痒，痒极难忍，或痒若虫行，有灼热感，微有畏光流泪，眼眵呈黏丝状但不多，或胞睑内有似椒粟高低疙瘩，或见黑白睛间抱轮灰黄微隆呈胶出样，以青少年在春季发病为多，舌苔薄白，脉浮数。

治则：疏风清热，祛邪止痒。

取穴：肝、胰胆、眼、耳尖放血。

二、风寒

症状：双目发痒，遇风加剧，流泪眵稀，患者眼睛安好，内外均无翳障，视力正常，唯睛珠痒甚连接眉棱骨处酸楚不适，兼见恶寒鼻塞等症，舌苔薄白，脉浮弦。

治则：疏风散寒止痒。

取穴：风溪、肝、膀胱、眼。

三、火盛

症状：自觉双眼灼热奇痒，白睛发红，泪热眵稀，口干口苦，尿黄便结，舌红苔黄，脉数。

治则：清肝降火泄热。

取穴：肝、胰胆、眼、肝阳放血。

四、血虚

症状：双目发痒，痒作轻缓，揉拭则止，止后又痒，双眼干涩不适，面色少华，舌淡，脉弦细。

治则：养血活血，熄风止痒。

取穴：肝、心、脾、风溪、眼。

第十节　白内障

白内障，指瞳神内黄精浑浊，逐渐发展成翳障，影响视力，甚至失明的症状。

【病因病机】

脾虚：多因饥饱劳倦，饮食不节，损伤脾胃，脾虚气弱，升降失司，清阳不能充养瞳神。

阴虚：多因年高体弱，或房劳过度，阴精耗伤，不能充养目窍。

火盛：多因劳心竭思，过食辛热炙煿，暴怒忿郁，肝木不平，内挟心火，蒸灼神水、神膏，瞳神内黄精浑浊，故视物昏花，眼前蝇翅飞扬，渐至失明。

【辨证治疗】

一、脾虚

症状：视物模糊，不能久视，视久则酸痛，渐致失明，兼见面色㿠白，肢体倦怠，气怯懒言，食少纳呆，舌淡，脉虚细。

治则：健脾补中，益气升阳。

取穴：脾、肝、眼、口、肾。

二、阴虚

症状：初起视物昏花，常见空中黑花缭乱，继则视歧，睹物成二体，瞳神气色呈淡白或淡黄，逐渐转为全白而失明，兼见头晕耳鸣，腰膝酸软，舌质红，苔黄，脉细弱。

治则：养肝益肾，滋阴明目。

取穴：肾、外耳、肝、眼、腰骶椎。

三、火盛

症状：视物昏花，眼前蝇飞蝶舞，或若薄烟轻雾，不痛不痒，渐渐加重而失明，兼见口苦咽干，心烦少寐，睡眠多梦，舌红，脉细数。

治则：清肝泻心，养阴泄热。

取穴：肾、肝、神门、眼、肝阳放血。

第十一节　云雾移睛

云雾移睛，是指眼目外观端好，自视眼外似有云雾浮移或飞蚊蝇翅，旗绦环在空中飞扬随目珠转动而擦乱的症状。相当于西医学中的飞蚊症、玻璃体浑浊。

【病因病机】

肝肾亏损：为肝肾不足，阴精不能上承二目，多见于老年及羸弱之体。

气血两虚：为心脾俱虚，气血不足，不能滋养二目，多见于久病体弱或新产失血之后。

痰浊上蒙：为脾失健运，痰浊停聚，清阳不升，多见于恣食肥厚膏粱之体。

湿热蕴蒸：为湿阻气机，郁而化热，多见嗜食辛辣炙煿之人。

【辨证治疗】

一、肝肾亏损

症状：双目外观如常，自觉眼前有蚊蝇黑影飞舞飘动，仰视则上，俯视则下。视物模糊，久视则双目干涩坠痛，兼见头晕耳鸣，腰膝无力，夜梦遗精，舌红苔少，脉细弱或虚大。

治则：补益肝肾。

取穴：肝、肾、外耳、内分泌、三焦、眼。

二、气血两虚

症状：双侧外观端好，常觉目外有如蝇蛇绦环等状黑影缭绕，目珠隐痛干涩，引及眉棱骨痛，久视更甚，面色不华，气短懒言，心悸失眠，舌淡，脉濡细。

治则：益气养血。

取穴：脾、胃、肝、口、眼。

三、痰浊上蒙

症状：眼前有旗旆蛱蝶或蚊蝇翅状物飘动，色或微黄，双眼外观如常，兼头蒙不爽，目不欲睁，痰多胸闷，神疲乏困，纳呆便溏，舌苔腻或白滑，脉滑。

治则：除湿化痰。

取穴：胃、肝、脾、口、眼。

四、湿热蕴蒸

症状：眼前常有蛛丝飘动，蚊蝇飞舞，随眼珠动定而移止，视物模糊如隔轻纱薄雾，常见白睛红赤，或抱轮红赤，头痛目痛，畏光，瞳神紧小，兼见口苦，心烦，溲赤，舌苔白腻，脉濡滑数。

治则：清热利湿。

取穴：肝、胰胆、眼、三焦、肝阳放血。

第十二节　老视

老视，是指年龄 40 岁以上人群视远尚清，视近渐昏。这是人体衰老变化的一种表现，与体质关系密切。随年老体衰，肾精虚少而逐渐视远怯近者不属病态。

【病因病机】

肝肾两虚：可由老年体弱，脏腑功能衰弱所致。

气血两虚：可由老年体弱，脏腑功能衰弱所致。

【辨证治疗】

一、肝肾两虚

症状：近视力逐渐减退，尤以夜间灯光下或光线不充足处为甚，常将近物远移，随年龄增长而加重。若勉强视近，可引起头痛、眼胀干涩等症状。兼见头晕目眩，虚烦不眠，口干咽燥，腰膝酸软，舌红少苔，脉细弱。

治则：滋养肝肾。

取穴：肝、肾、内分泌、外耳、眼。

二、气血两虚

症状：全身兼见头晕心悸，失眠健忘，肢体倦怠，少气懒言，面色不华，舌淡苔白，脉细弱。

治则：补益气血。

取穴：脾、胃、口、枕、眼。

第十三节　远视

远视，是指目能视远而不能视近，或视远较视近清楚而言。若先天生成者，非针药之力所能及，不属本节讨论范围。

【病因病机】

阴精不足：多由房事不节，饥饱失常，形体劳倦，悲泣过度，耗伤阴精所致，不能上承目窍而敛聚光华，故视近模糊。阳火发越于外，故远视尚清。

阴虚火旺：多由水衰不能制火，虚火僭越所致。

气血两虚：多由气虚血亏，光华散乱所致。

阴阳两虚：多因阳气虚弱，神光不能发越于外而远照，故视远较模糊。

【辨证治疗】

一、阴精不足

症状：能远视而不能近视，久视则目珠酸痛，头晕耳鸣，腰膝酸软，口咽干燥，甚则遗精盗汗，牙齿松动，舌红少苔，脉细数。

治则：滋水益精。

取穴：肾、外耳、肝、目1、目2。

二、阴虚火旺

症状：能远怯近，不能久视，两目大小眦角隐隐发赤，头晕耳鸣，腰酸腿软，潮热颧红，手足心热，夜多盗汗，舌质红绛，脉细弦数。

治则：滋阴降火。

取穴：肝、肾、外耳、眼。

三、气血两虚

症状：视远较视近清楚，不耐久视，久视两目酸痛，甚则痛连两眶及前额部，面色少华，心悸怔忡，头晕失眠，气短神疲，厌食，舌淡少苔，脉细无力。

治则：补益气血。

取穴：脾、胃、口、目1、目2。

四、阴阳两虚

症状：视力减退，视近昏矇，但视远较视近略清楚，伴形寒肢冷，舌淡苔白，脉沉细。

治则：扶阳益阴，收敛精气。

取穴：肾、外耳、眼、皮质下。

第十四节　目干涩

目干涩是指两目干燥少津，滞涩不爽，易感疲劳而言。

【病因病机】

阴血亏虚：一是读书用目太过，久视伤血；二是嗜酒恣欲，阴精亏损；三是悲哀哭泣，久而耗液；四是忧思伤脾，生化之源不足。

燥热伤津：多由感受燥热之邪所致，燥应于肺，五行属金，金盛克木，目为肝窍，燥邪易乘。

【辨证治疗】

一、阴血亏虚

症状：目内干燥少津，滞涩不爽，视物易感疲劳，面色萎黄，爪甲色淡，失眠多梦，头晕耳鸣，咽干舌燥，或五心烦热，或腰酸遗精，舌淡或舌红，脉细数。

治则：养血活血，滋补肝肾。

取穴：肝、肾、内分泌、外耳、眼。

二、燥热伤津

症状：目干燥作痒，目热且涩，干咳少痰，口鼻干燥，口渴欲饮，舌红少津，脉数。

治则：清热润燥。

取穴：肺、肝、脾、内分泌、眼、肝阳放血。

第十五节　眼生痰核

眼生痰核，是指生于胞睑皮里肉外的核状硬结而言，进展缓慢而易于复发。因其发于上胞较多，下睑较少，故又称为睥生痰核。此外，尚有眼瘤、胞睑肿核、目疣等不同名称。

【病因病机】

痰湿阻滞：多因过食辛辣肥甘，脾胃功能受损，运化失常，津液停积，聚而为痰，痰湿阻滞经络，结于胞睑，渐成肿核。

痰火郁滞：痰湿互结，郁久化火，痰火相搏，痰湿互结兼风毒之邪外袭所致。

【辨证治疗】

一、痰湿阻滞

症状：生于胞睑皮里肉外，有核隆起，细如米粒或黄豆，甚则大如蚕豆，不痛不痒，表面皮肤不红，皮核不相切，推之移动，触之较硬。翻转胞睑可见睑内有紫红色或灰红色隆起，肿核大者有胀坠及轻度异物感，无明显全身症状。

治则：化痰软坚。

取穴：脾、耳中、肝、眼、内分泌、三焦。

二、痰火郁滞

症状：胞睑肿核痛痒，表面皮肤发红，甚者口干咽燥，舌红，脉数。

治则：清热散结。

取穴：肝、耳中、神门、三焦、目 1、目 2。

第九章

皮肤科疾病

第一节　酒糟鼻

酒糟鼻，是指鼻子表面发红，有时在鼻周围可有红色丘疹或脓疱，严重时鼻子肥大，顶端可形成结节。

【病因病机】

肺胃热盛：因饮酒或过食辛辣之物，使热伏于胃，上蒸于肺，薰蒸鼻端而发。

毒热蕴结：多因肺胃积热，复感毒邪所致。

血热红鼻：多因冲任失调，血热郁滞肌肤所致。

气滞血瘀：因冲任不调或肺胃郁热，外感寒邪，使内热不得宣泄，蕴结于鼻部，致局部气血瘀滞而成。

【辨证治疗】

一、肺胃热盛

症状：鼻端潮红充血，用手指压迫红色迅速退去，手指抬起，旋又复见，并有口鼻发干，大便秘结，舌质红，苔薄黄，脉弦滑。

治则：清热凉血。

取穴：1.脾、胃、大肠、小肠。

　　　2.外鼻、肺、胃、大肠、耳尖放血。

二、毒热蕴结

症状：除鼻端潮红外，局部常有肿胀，顶端有脓疮，疼痛，有时引起鼻周围红肿疼痛，并多有鼻热口渴，便干溲黄，舌红苔黄，脉浮滑或滑数。

治则：清热凉血解毒。

取穴：1.面颊、垂前、大肠、脾。

　　　2.肺、外鼻、胃、大肠。

三、血热红鼻

症状：鼻端潮红，口鼻周围有散发红色丘疹，面颊部有毛细血管扩张，大便秘结，妇女可有月经不调，舌质红，苔薄黄或白，脉弦滑。

治则：凉血清热，调和冲任。

取穴：1.内生殖器、脾、大肠。

　　　2.外鼻、面颊、肺、大肠、心。

四、气滞血瘀

症状：鼻端暗红，肥大浸润，可有毛细血管扩张，表面皮肤增厚，毛孔扩大，甚者表面可呈结节状增殖，舌质暗红，苔黄腻，脉弦缓。

治则：活血化瘀，软坚散结。

取穴：1.耳中、三焦、脾、脑干、肾上腺。

　　　2.耳中、肝、三焦、外鼻、肺、胃。

第二节　痤疮

痤疮，凡指发于颜面和胸背部的毛囊性红色丘疹，或黑头粉刺，脓疱，结节，囊肿等，也称粉刺、肺风粉刺。

【病因病机】

肺经郁热：多因肺经有热，外受风邪，使肺热郁积肌肤不得宣泄而致。

胃肠积热：系因饮食不节，过食炙煿及厚味，使阳明燥结，脾胃积热，郁于肌肤所致。

血热：多因情志内伤，气机郁滞，郁久化热，热伏营血而发。

毒热：多因肺胃蕴热上蒸，复感外界毒邪，致使毒热互结，蕴于肌肤腠理之间所致。

湿毒血瘀：多因素体蕴湿，郁于肌肤，复感外界毒邪而致湿毒凝聚，阻滞经络，气血不和而成。

【辨证治疗】

一、肺经郁热

症状：颜面部有与毛囊一致的丘疹，形如粟米大小，可挤出白粉色油状物质，皮疹以鼻周围较多，亦可见于前额，间或有黑头粉刺，有轻度发痒，常伴有口鼻干燥，大便干，舌质微红，苔薄白或薄黄，脉浮滑。

治则：清泄肺热。

取穴：1.肺、皮质下、肾、神门。

　　　2.肺、大肠、面颊、内分泌、神门、耳尖放血。

二、胃肠积热

症状：颜面有散在毛囊性丘疹，如粟米大小，能挤出白粉色油状物质，间有黑头粉刺，以口周较多，亦可见于背部、前胸，面部出油较多，毛孔哆开，常伴有多食、口臭、口干、舌燥喜冷饮，大便秘结，舌质红，苔腻，脉沉滑而有力。

治则：清阳明腑热。

取穴：1.胃、枕、外耳、垂前、口。

　　　2.胃、大肠、面颊、胸、内分泌、肾上腺放血。

三、血热

症状：颜面两颊有散在潮红色丘疹如米粒大小，以口鼻周围及两眉间皮疹较多，面部常有毛细血管扩张，遇热或情绪激动时面部明显潮红，自觉有灼热，妇女在月经前后皮疹常常增多，大便干燥，小便黄赤，舌尖红，苔薄，脉细滑数。

治则：凉血清热。

取穴：1.眼、角窝上、角窝中、胃、交感、耳尖放血。

　　　2.肝、面颊、内分泌、心、肝阳放血。

四、毒热

症状：面部有散在米粒大丘疹，丘疹顶端常有小脓疱，或周围轻度发红，自觉疼痛，脓疱此起彼落，反复不断，脓疱消退后皮肤表面可遗留凹陷性小瘢痕，形如橘皮。胸背常被累及。大便干燥或秘结，数日不行，小便黄赤，舌质红，苔黄燥，脉弦滑或数。

治则：清热解毒。

取穴：1.轮$_1$-轮$_4$放血、神门、三焦、中魁穴放血（中魁穴在中指第二关节处）。

　　　2.面颊、肺、胃、大肠、内分泌。

五、湿毒血瘀

症状：面部胸背除米粒大丘疹外，常发生黄豆大或樱桃大之结节或囊肿，皮肤表面高低不平，重者感染成脓疱，局部红肿疼痛，并可有头痛、身热等全身不适，颜面皮肤出油较多，胸背常有同样损害，舌质暗红，苔黄或白，脉缓或沉涩。

治则：除湿解毒，活血化瘀。

取穴：1.脾、耳中、胰胆、神门。

2.肺、内分泌、耳中、脾、肾上腺放血。

第三节　毛发脱落

毛发脱落，是指人体体毛如毛发、腋毛、阴毛及眉毛脱落的一种症状。

【病因病机】

肝肾阴虚：为先天禀赋不足，后天养护失调的基础上，复遭失血，病邪久稽，外力损伤等所致。

脾肾阳虚：也为先天禀赋不足，后天养护失调的基础上，复遭失血，病邪久稽，外力损伤等所致。

气血两虚：为久病耗伤气血，大出血症，如产后、手术失血过多所致。

疬毒攻肺：多因病毒感染，毒邪攻肺所致。

【辨证治疗】
一、肝肾阴虚

症状：毛发脱落，腰膝酸软，乏力肢软，乳少或无乳，月经量少或闭经，心烦失眠，头晕耳鸣，手足麻木，皮色黧黑，舌质淡，或舌体瘦小，脉沉细数。

治则：滋养肝肾。

取穴：1.枕、脾、小肠、口。

　　　2.肝、肾、外耳。

二、脾肾阳虚

症状：毛发脱落或失泽稀疏，神疲乏力，消瘦纳差，腹痛腹泻，皮肤黧黑，面色苍白，腰膝酸软，畏寒肢冷，闭经，阳痿，性欲减退。

治则：益气健脾，温肾助阳。

取穴：1.口、三焦、肾、肝。

　　　2.脾、肾、皮质下。

三、气血两虚

症状：毛发稀疏或脱落，面色萎黄，神疲乏力，动则气短，食少腹胀，月经量少或经闭不行，乳房萎缩，性欲减退，舌质淡胖有齿痕，脉沉细或沉迟。

治则：气血双补。

取穴：1.口、耳中、大肠、肝。

　　　2.脾、肾、肝、皮质下。

四、病毒攻肺

症状：初起皮肤麻木，次起白屑红肿，蔓延成癣，形如蛇皮，成片落下，甚则破烂，厚肿无脓，病毒入里，可见毛发、须眉脱落等，并可见鼻梁崩塌，唇翻，眼弦断裂。

治则：祛风化湿杀虫，调养气血。

取穴：1.肺、风溪、大肠、脾。
      2.肺、肝、肾、肾上腺放血。

第四节　体臭

体臭，是指身体某一部位发出一种特殊的臭气而言。以腋下、足部为多见，夏季出汗多时更为明显。

【病因病机】

胎毒内蕴：本证受禀于父母，因气血不和，精液杂秽所致。

湿热蕴蒸：多由素体蕴湿，郁久化热，或因外受酷暑湿热之邪，加之洗浴不勤，湿热薰蒸肌肤所致。

【辨证治疗】

一、胎毒内蕴

症状：腋部发出一种特殊的刺鼻臭味，夏季更甚，可伴汗液色黄，有的外阴、肛门、乳房亦散发臭味，或伴有油耳耵。常发于青壮年，女性多见。

治则：清热解毒，消炎杀菌。

取穴：皮质下、肾上腺、内分泌。

二、湿热蕴蒸

症状：足部、腋下、乳房下、股根部等发出难闻臭气，尤以盛夏暑湿之时为著。一般冬季汗少时减轻，伴身热，汗出，心烦，舌质红，苔黄腻，脉滑数，亦多发于青壮年。

治则：清热利湿，化浊。

取穴：脾、三焦、皮质下、耳迷根。

第五节　带状疱疹

带状疱疹，系指发生在躯干皮肤，大小不等的疱疹。本症单侧发作。初起，局部皮肤感烧灼刺痛，旋即发红，出现米粒或豌豆大的水疱，累累如串珠，常呈条带状排列，疱液先为透明，后转浑浊。本症也称缠腰火丹、蜘蛛疮、串腰龙。

【病因病机】

湿热壅滞：多因心肝二经火盛，脾肺二经湿郁所致。

热毒灼营带：多因热毒炽盛，燔灼营血所致。

脾虚湿盛：多因素体蕴湿不化，或过食醇酒厚味，内湿停滞。

气滞血瘀：多因气虚不能行水，血瘀湿聚所致。

【辨证治疗】

一、湿热壅滞

症状：初起局部灼热刺痛，皮损呈鲜红色，水疱之壁较紧，或见大疱，血疱，常伴有身热恶寒，口苦咽干，口渴，烦躁易怒，食欲不佳，小便赤，大便干结或不畅，舌质红，苔薄黄或腻，脉弦滑微数。

治则：清热除湿，止痛。

取穴：1.胸、肝、耳中、三焦。

　　　2.脾、肺、肝、胸、大肠、肾上腺、相应部位。

二、热毒灼营

症状：病势急剧，发热壮盛，皮肤出现痘疮样水疱，遍及全身，痒痛相兼，兼见心烦口渴，舌质红绛，苔黄厚，脉多滑数。

治则：清热解毒，凉血。

取穴：1.胸、胸椎、神门、内分泌。

　　　2.耳中、肝、肺、胸、神门、内分泌、肾上腺放血。

三、脾虚湿盛

症状：病势较缓，局部皮损呈淡红色或黄白色，水疱壁松弛，或湿烂，疼痛稍轻，口不渴，不思饮食，或食后腹胀，大便时溏，舌体胖，苔白厚或白腻，脉缓或滑。

治则：健脾燥湿，行水。

取穴：1.脾、口、胸、三焦。

2. 脾、胃、胸、内分泌、三焦、肾上腺。

四、气虚血瘀

症状：皮疹色深红，水疱不丰满，或皮疹消退后持久性针刺样窜痛，久不消失，多见于老年体弱者，舌质暗，苔薄白，脉多沉细或沉缓。

治则：益气活血，化瘀。

取穴：1. 三焦、耳中、胸、胸椎。

　　　2. 肾、耳中、胸、神门、内分泌、肾上腺。

第六节　湿疮

湿疮是指肤生红斑皮疹，浸淫流汁，脱屑瘙痒的一种症状。本症也称湿毒疮、肾囊风。

【病因病机】

湿热浸淫：素有内热，复感湿邪，内外合邪，客于肌肤腠理，故遍生水窠，浸淫蔓延。

湿热下注：湿热蕴结，湿重于热，湿性重浊，易流注于下，则皮疹好发于下肢及阴部，脂水淋漓，湿烂瘙痒。

脾虚湿盛：素体脾胃虚弱，或饮食不节，伤及脾胃，脾失健运，湿从内生。

血瘀风燥：为皮疹渗水日久，伤及津液，或久服苦寒燥湿之剂，伤阴耗血，阴血不足则血行缓慢而凝滞，化生瘀血；肝主风，肝失血养则风从内生，风盛则燥，肌肤失养则皮损色暗，浸润肥厚，干燥皲裂。

【辨证治疗】

一、湿热浸淫

症状：周身散在红粟，水窠，焮红灼热，瘙痒无度，抓破流水，浸淫蔓延，重则黄水淫溢，破烂成片，小便短赤，大便干燥，舌质红，苔黄腻，脉滑数。

治则：清热除湿，解毒。

取穴：1. 脾、胸、内分泌。

　　　2. 脾、肺、大肠、神门、相应部位。

二、湿热下注

症状：下肢及足部起红斑水疱，瘙痒不止，脂水淋漓，或外阴起红粟，浸淫湿烂，痒痛难忍，夜眠不安，舌质淡红，苔白腻，脉滑数。

治则：除湿清热。

取穴：1.脾、肝、三焦、胸椎。

　　　2.脾、肺、神门、内分泌、相应部位。

三、脾虚湿盛

症状：皮肤起水疱，色黯淡不红，状如钱币，瘙痒流汁，面色萎黄，食少便溏，小便清长，舌质淡，苔薄白或白腻，脉沉缓。

治则：健脾除湿。

取穴：1.心、脾、内分泌、三焦。

　　　2.脾、肺、神门、内分泌、相应部位。

四、血瘀风燥

症状：皮损浸润肥厚，色晦暗，粗糙脱屑，干燥皲裂，好发于手足掌跖部位，坚韧如胼胝，病程日久，反复不愈，舌质黯或有瘀斑，脉细涩。

治则：活血疏风。

取穴：1.肝、耳迷根。

　　　2.耳中、风溪、肺、相应部位。

第七节　雀斑

雀斑为多发于颜面部的一种黄褐色斑点，形状如雀卵上之斑点，数目多少不定，无自觉症状。有遗传倾向，为常染色体显性遗传病。

【病因病机】

祖国医学认为，本病或由于禀赋素弱，肾水不足，不能上荣于面，火滞郁结而起淡黑斑点；或由于平素血热亢盛，再触犯风邪，卫气失固，内火郁于皮毛腠理之间，与风邪相搏，阻于孙络，不能荣润肌肤，则生雀斑。

现代医学认为，本病与遗传、日晒因素有关。研究发现皮损部位黑素细胞胞体较大，树枝状突长而多，黑素细胞内产生黑素小体增加，基底细胞内黑素颗粒数量增多。

【辨证治疗】

一、肾水不足

症状：多有家族病史，自幼发病，皮损色泽淡黑，以鼻为中心，对称分布于颜面，无自觉症状，舌脉如常人。

治则：滋阴补肾，养颜祛斑。

取穴：1. 肺、脾、肾、面颊、枕。

　　　2. 外耳、肾、面颊、肝。

二、风邪外搏

症状：多见于青年女性，皮损呈针尖、栗粒大小黄褐色或咖啡色斑点，以颜面、前臂、手背等暴露部位为多，夏季或日晒后加剧，无自觉症状，舌脉正常。

治则：祛风清热，凉血消斑。

取穴：1. 肝、耳中、风溪、内分泌、面颊、口。

　　　2. 风溪、面颊、胰胆、肝、内分泌。

第八节　黑变病

黑变病是一种主要发生于面部的色素沉着病。呈淡褐色或深褐色，境界不清，伴有毛细血管扩张、瘙痒及脱屑现象。多见于中年妇女，仅偶有全身症状，病程慢性。本病祖国医学称为黛黑斑。

【病因病机】

祖国医学认为，本病或由情志不遂，肝气郁结，使气机紊乱，气血不能荣润肌肤，则变生黑斑；或由脾虚不能化生精微，气血亏虚，肌肤失养；或因房事不节，纵欲过度，损伤肾精；或先天禀赋不足，肾阳虚则水无所制，肾之本色显露于外；或水亏不能制火，血弱不能华面，虚热内盛，郁结不散，阻于皮肤所致。

现代医学对本病的病因还不完全清楚。长期接触具有光感作用的化合物（如含蒽、沥青、石油等）可诱发日光性皮炎，出现色素沉着；或使用有光敏作用的化妆品（如含矿物油、烃类化合物等）后产生的一种光敏性皮炎，导致色素沉着。另外，营养不良和内分泌紊乱也可导致黑变病的发生。

【辨证治疗】
一、肝郁气滞

症状：黑色或黑褐色斑片，分布于前额、耳后、颜面、四肢等处，伴有胸胁满闷，烦躁易怒，舌红、苔薄白，脉弦滑。

治则：疏肝理气，活血消斑。

取穴：肝、内分泌、面颊、肾上腺、耳中。

二、脾肾阳虚

症状：灰黑色斑片，分布于颜面、颈周、脐周、腰腹、腋下等处，皮损边界不清，伴有面色晦暗，头晕纳差，形寒肢冷，腰膝酸软，女子月经量少，甚至停经，舌淡体胖大，脉细弱。

治则：健脾温肾，益气助阳。

取穴：脾、三焦、面颊、肾上腺、枕、口。

三、肾阴不足

症状：黑色或黑褐色斑片，分布于前额、颈侧、手背、前臂等处，伴眩晕耳鸣，腰膝酸软，五心烦热，皮肤干燥，舌红，少苔或无苔，脉细数。

治则：滋阴补肾，清火祛斑。

取穴：面颊、肾、肺、大肠、心、外耳。

第九节　寻常鱼鳞病

寻常鱼鳞病是一种常见的遗传性角化异常性皮肤病，系常染色体显性遗传。以皮肤干燥、粗糙，伴鱼鳞样的黏着性鳞屑为特点，也被称为蛇身。

【病因病机】

祖国医学认为，本病或由于先天禀赋不足，脾胃失养，营血不足，血虚生燥，肌肤失养；或禀赋虚弱，气虚血弱，经脉运行不畅，瘀血阻滞，新血不生，肌肤失养而致病。本病既有真气虚衰，精亏血燥，皮肤无以荣润之故，又有真气失布、精微难达、皮肤无能畅养之由，属虚实夹杂之候，肺、脾、肾三脏同病。

现代医学认为，本病或由于表皮角细胞增生，表皮通过时间缩短，或由于角肮细胞间的黏合异常，使角质层的细胞不能正常脱落，堆积在皮肤表面所致。

【辨证治疗】

一、血虚风燥

症状：皮肤干燥粗糙，有鳞屑，呈灰白色或污秽色，间有白色网状沟纹，偶有轻微痒感，冬重夏轻，可伴形体消瘦，面色苍白，感头晕、目眩，苔薄，脉细。

治则：养血润燥。

取穴：1.肺、脾、肾、肾上腺、内分泌、外耳。

　　　2.肺、风溪、耳中、肾、脾、相应部位。

二、气滞血瘀

症状：皮肤呈弥漫性角化，状如鱼鳞，肌肤干燥粗糙，以致皲裂，伴面色黯黑，舌质紫暗，有瘀点或瘀斑，脉涩。

治则：理气活血。

取穴：1.内分泌、肾上腺、肺、交感、口、耳中。

2.耳迷根、内分泌、三焦、相应部位。

第十节　痱子

痱子也称汗疹，是夏秋季的一种常见皮肤病，因在高温潮湿环境下，出汗不畅引起的小水疱或丘状疱疹。本病中西医病名相同。

【病因病机】

祖国医学认为，本病多因盛夏高温潮湿，汗液大量排出，不能及时蒸发，湿热郁于皮肤；或由于天气炎热，腠理开泄而多汗，如突然用冷水洗浴，则毛孔闭塞，热气郁于皮腠之间而发病。

现代医学认为，在气温高、湿度大的环境里，汗液大量分泌，不能及时从体表挥发，使表皮角质层浸渍，堵塞汗孔，汗液排出受阻，潴留的汗液使汗管破裂，汗液渗入周围组织引起刺激产生炎症，在汗孔处发生疱疹或丘疹。

【辨证治疗】

一、暑湿郁阻

又称晶形粟粒疹，汗管堵塞部位在角质层，常发于颈及躯干部，皮损为针尖至针头大的浅表性小水疱，壁极薄，内容清，周围无红晕，无自觉症状。

治则：和中化湿。

取穴：1.脾、肺、内分泌、皮质下。

2.内分泌、肾上腺、脾、相应部位。

二、暑热阻遏

又称红色粟粒疹，汗管堵塞部发生在表皮内稍深处的汗管，皮损为针头大小的丘疹或丘状疱疹，周围有轻度红晕，常成批出现，多发生于手背、颈、腘窝、肘窝、躯干部，尤其是皱褶处。自觉轻微烧灼及刺痒感，遇热加重。

治则：清泄暑热。

取穴：1.肺、耳中、枕、神门、耳迷根。

2.耳中、内分泌、脾、肺、相应部位。

三、暑湿化毒

又称脓疱性粟粒疹，痱子顶端有针头大浅表性小脓疱。常发生于皮肤皱壁处，如四肢屈侧等。

治则：解表清暑。

取穴：1.风溪、脾、肺、内分泌、神门。

　　　2.脾、肺、内分泌、耳中、相应部位。

四、暑热毒邪

又称深部粟粒疹，汗管堵塞部位较深，汗液淤积在真皮内造成汗管破裂，外渗至周围组织。皮损为密集型炎症丘疹或水疱，出汗刺激后增大。

治则：清营凉血。

取穴：1.心、肺、大肠、脾、内分泌、神门、肾上腺。

　　　2.脾、肺、内分泌、耳中、相应部位。

第十一节　冻疮

冻疮常发于冬季，是由于气温过低引起的局限性皮肤炎症损害，影响美观。本病气候转暖后自愈，但易再发。

【病因病机】

祖国医学认为，本病是由于先天禀赋不足，阳气虚弱，耳廓及四肢末端失去温煦，或由于风雪寒毒侵袭，耗伤阳气，气血运行不畅，暴露在外的手足、耳廓失去温煦，致气滞血凝，而生冻疮。

现代医学认为，冻疮主要是因为寒冷引起，皮肤受寒冷刺激而引起毛细血管收缩，使局部血液循环减少，皮肤缺血缺氧，久之血管麻痹而扩张，静脉瘀血，血浆渗出于皮下组织，导致局部红肿、瘙痒，甚至组织坏死而形成冻疮。另外，自主神经功能紊乱、肢端血循环障碍、营养不良、贫血、缺乏运动及一些慢性病都是冻疮发病的诱因。

【辨证治疗】
一、寒邪凝滞

症状：形寒肢冷，局部麻木，感觉迟钝，喜暖，舌淡苔白，脉沉细。

治则：温经散寒。

取穴：1. 脾、肾、心、相应部位。

   2. 膀胱、外耳、脾、相应部位。

二、气阴两虚

症状：少气懒言，疲乏无力，患处暗红微肿，灼痛瘙痒，舌暗红，苔黄，脉细数。

治则：滋阴补气，养血通络。

取穴：1. 肝、口、三焦、耳中、脾、肾。

   2. 脾、心、三焦、口、相应部位。

第十二节　银屑病

银屑病俗称牛皮癣，是一种常见的易复发的慢性炎症性皮肤病。皮损为丘疹或斑丘疹，表面覆盖多层银白色鳞屑。男女老幼均可发病，但以青壮年男性为多，一般冬季发病加剧，夏季减轻。本病发病率较高，病情顽固，病程长，对患者的身心影响很大。

【病因病机】

祖国医学认为，本病是由于风邪外袭，伏于营血，气血凝滞，郁而生热，风热相搏阻于肌肤而发；或由于饮食失节，脾失健运，内生湿热，复感风热之邪，内外夹攻，郁阻肌表而生；或肝肾不足，冲任不调，阴血亏虚，内生燥热，导致肌肤失养而发病。本病多虚实兼夹，其发病与风、热、寒、燥等邪气有关。

【辨证治疗】

一、血热

症状：发病急，皮疹呈点滴状、钱币状的红斑丘疹，色深红或鲜红，筛状出血点明显，鳞屑多，瘙痒，新疹不断出现，伴有发热，便结溺赤，心烦口渴，舌红苔黄，脉滑数。

治则：祛邪通络，养肤除屑。

取穴：肺、耳迷根、内分泌、肾上腺、皮质下。

二、湿热

症状：皮损多发于腋窝、腹股沟等屈侧部位，红斑糜烂，浸渍流滋，瘙痒较剧，多阴雨季节加重，伴有胸闷纳呆，神疲乏力，便溏尿赤，苔黄腻，脉滑数。

治则：祛邪通络，健脾和胃。

取穴：肝、脾、内分泌、肾上腺、皮质下。

三、血燥

症状：病程日久，皮损不扩展，或仅有少许新疹出现，疹色不鲜红，鳞屑干燥，口干咽燥，或头晕目眩，舌质淡红，苔少，脉细或缓。

治则：祛邪通络，养血润燥。

取穴：肺、内分泌、肾上腺、神门、外耳、缘中。

四、血瘀

症状：病期较长，反复发作，皮损肥厚，呈钱币状或块状，少数呈壳状，色紫暗，覆盖较厚干燥银白色鳞屑，不易脱落，伴有关节不利，口干不欲饮，舌质黯红或青紫，或见瘀斑、瘀点，脉细涩或弦涩。

治则：祛邪通络，活血化瘀。

取穴：耳中、肝、内分泌、肾上腺、皮质下。

五、冲任不调

症状：皮疹发生与月经、妊娠有关，多在经期、妊娠发病或加重，周身皮损呈丘疹或斑片，色鲜红或淡红，覆盖银白色鳞屑，伴微痒，心烦口干，头晕腰酸，月经不调，或胸胁胀痛，舌质淡，苔薄腻，脉弦。

治则：祛邪通络，滋养肝肾。

取穴：肺、肝、脾、内分泌、肾上腺、神门。

第十三节　手、足癣

发于手足部皮肤的浅部真菌病。掌指（趾）间皮肤出现水疱、脱皮、糜烂、皲裂，自觉瘙痒。成人多见，好发于夏季，气候温暖、潮湿的地区发病率高。祖国医学称为鹅掌风、脚湿气。

【病因病机】

祖国医学认为，本病或由于外感湿热，湿毒之邪壅滞皮肤；或因接触病者浴盆、毛巾、鞋袜等用品，致使毒邪沾染，郁阻皮肤，久则脉络瘀阻，气血不荣肌肤而发病。

现代医学认为，本病是由于感染红色毛癣菌、须癣毛癣菌和絮状表皮癣菌等引起。可通过接触传染，在公共浴池洗澡，穿用公共拖鞋，穿用患者的鞋、袜、手套，使用公共浴巾等均易于感染本病。可彼此传染，相继发病，而足癣又是手癣的重要传染源。

【辨证治疗】

一、风湿热郁

症状：初发时见皮损为散在集簇的小水疱，有渗液，水疱干涸脱皮，或指（趾）间皮肤白腐，腐皮易脱，基底潮红，瘙痒难忍，伴口渴不欲饮，舌质红，苔薄腻或黄腻，脉滑数。

治则：清热除湿。

取穴：1.脾、大肠、耳中、肝、神门、内分泌。

2.脾、内分泌、耳中、神门、肺、相应部位。

二、脾虚血燥

症状：病程迁延不愈，皮损增厚、粗糙、脱屑、干燥，甚至皲裂，影响工作，冬季加重，舌红、少苔，脉弦细且数。

治则：补脾养血，滋阴润燥。

取穴：1.脾、耳中、肺、内分泌、肾上腺。

2.脾、肺、肝、内分泌、相应部位。

第十四节　黄褐斑

黄褐斑，即指皮肤出现点状或片状的褐色斑，不高出表皮，抚之不碍手之症。妇人妊娠期间，面部亦可生褐斑，分娩后多可自行消退，不属病态。

【病因病机】

肝郁气滞：常因情志抑郁，肝失疏泄，气郁化火，上犯头面，营气阻遏而发为褐斑。

湿热内蕴：常因饮食不节，过食油腻，饮酒及辛辣炙煿之品，以致脾胃受损，湿热中阻，湿遏热伏，熏蒸头面，发为褐斑。

【辨证治疗】

一、肝郁气滞

症状：皮肤见浅褐、深褐色点状或片状斑，边界清晰，边缘不整，以颜面、目周、鼻周多见，伴有两胁胀痛，烦躁易怒，嗳气，纳谷不馨，舌苔薄白，脉弦数。

治则：疏肝理气，解郁清热。

取穴：1.肾上腺、肝、耳中、面颊、前列腺。

2.耳尖、面颊放血十滴以上。

二、湿热内蕴

症状：褐色斑点，斑片见于前额、颜面、口唇、鼻部，边界不清，自边缘向中心，其色逐渐加深，伴身重胸闷，渴不欲饮，舌苔黄腻，脉滑数。

治则：清化湿热，宣通气机。

取穴：1.脾、内分泌、肾上腺、面颊、胃、耳中。

2.耳尖、面颊放血十滴以上。

三、阴虚火旺

症状：褐斑多见于鼻、额、面颊部，色淡褐或深褐色，呈点状或片状，大小不定，边界清楚，边缘不整，伴有头晕耳鸣，五心烦热，心悸失眠，腰酸腿软，舌红少苔，脉细数。

治则：滋阴降火。

取穴：1.外生殖器、肾、脾、外耳、三焦、面颊。

2.耳尖、面颊放血十滴以上。

第十五节　皮肤疣赘

皮肤疣赘，是指皮肤表面的小赘生物而言，可发于身体各部位，小如米粒，大如黄豆，表面光滑或粗糙，形如帽针头，或花蕊，呈正常肤色，或黄白色。俗称瘊子。

【病因病机】

风热蕴肤：为外感风热所致。

风热疫毒：因外感风热邪毒所致。

血虚风燥：系肝虚血燥，筋气不荣所致。

气血瘀滞：由脚热着水，感受风寒，气滞血凝所致。

【辨证治疗】

一、血虚风燥

症状：皮损为粟米，或黄豆大，圆形或不整形的赘生物，正常肤色，质坚，表面粗糙不平而带刺，好发于手足背、掌遮部或头面部，一般无自觉症状，较大者可有疼痛感。

治则：滋肾水，养肝血，润燥消风。

取穴：1. 肾、脾、肺、内分泌、大肠、肾上腺。

2. 皮肤消毒后，用三棱针挑刺疣体，挤出白色小体，再用雄黄解毒散外搽，中魁穴放血。

二、风热蕴肤

症状：皮损为帽针头或绿豆大，扁平坚韧丘疹，正常肤色，或淡褐色，表面光滑，好发于面颊及手背，有轻微痒感。

治则：疏风清热。

取穴：1. 面颊、肝、肾上腺、神门、皮质下、肺。

2. 皮肤消毒后，用三棱针挑刺疣体，挤出白色小体，再用雄黄解毒散外搽，中魁穴放血。

三、风热疫毒

症状：皮损为绿豆大，或豌豆大，半球形隆起的丘疹，中央有脐窝，表面光泽，形如"鼠乳"，成散在出现，或数个一群，刺破可挤出白色乳酪样物。

治则：清解热毒。

取穴：1. 肺、大肠、内分泌、神门、肝。

2. 肺、大肠、内分泌、肾上腺放血。

四、气血瘀滞

症状：皮损呈黄豆至蚕豆大坚实的斑块，中央呈白黄色硬结，压迫时有明显疼痛，好发于手足底或手掌部。

治则：活血软坚。

取穴：1. 耳中、肝、三焦、肺、神门。

2. 肺、耳中、下耳根、三焦。

第十六节　杨梅疮

杨梅疮亦称霉疮，多由不洁性交传染。始发为杨梅疳疮，中期出现杨梅疮，后期可传入脏腑。杨梅疮是指阴部、躯干、掌跖或泛发全身，先后出现形态多样的皮肤损害，常见的有红斑、玫瑰疹、湿烂、疣状增生、蛎壳状等。颜色呈玫瑰色、铜红色或褐红色，因形似杨梅而得名。一般不伴痛痒，血清梅毒反应强阳性，父母患霉疮可遗毒胎儿。

【病因病机】

毒邪流窜：毒邪内蕴日久，耗气伤津，外发皮肤或毒邪侵蚀脏腑。

湿热下注：以内蕴湿热兼感毒邪为主，湿热下注，则二阴部发生硬结湿烂、溃疡等。

毒热炽盛：因感受毒热之邪，毒热入里化火，外攻肌肤所致。

【辨证治疗】

一、毒邪流窜

症状：发无定处，随处可生，侵犯皮肤，可有结节或硬结肿块溃烂，后流出树胶样分泌物，亦可侵及脏腑而危及生命，可伴有全身不适，头痛，头晕，胸闷，心悸，肢体麻木，走路不稳，视物模糊等，舌质黯绛或瘀斑，苔白黄腻，脉弦或涩。

治则：扶正祛邪，除湿解毒。

取穴：1.心、胸、耳迷根。

　　　2.肺、肝、相应部位、内分泌、肾上腺放血。

二、湿热下注

症状：大多生于前后阴，亦可见于口唇、乳房、眼睑等处。初起为粟米大疹或硬块，四周焮肿，亮如水晶，破后成溃疡呈紫红色，四周坚硬隆起，无痒痛感，伴口中黏腻，小便黄，舌质红，苔黄腻，脉弦滑。

治则：清热利湿，解毒。

取穴：1.肺、胸、皮质下、耳迷根。

　　　2.脾、肺、肝、内分泌、相应部位。

三、毒热炽盛

症状：生疮前先有发热、头痛、骨节酸痛、咽痛等症，2～3天后，出现全身性发斑，皮疹形态各异，颜色玫瑰红或铜红色，手足心发疹明显，伴心烦急，口干渴，舌质红，苔薄黄，脉数。

治则：泻火解毒。

取穴：1.肺、肝、外生殖器、内生殖器、耳迷根。

　　　2.耳迷根、内分泌、相应部位、肾上腺放血。

第十七节　阴痒

阴痒，是指外阴或阴道瘙痒的症状，甚则痒痛难忍，坐卧不宁，患者常伴有不同程度的带下。

【病因病机】

湿热下注：多因湿热下注，犯扰肝经，或洗浴不洁，感染病虫，虫蚀阴中所致，属于实热证。

肝肾阴虚：多由久病或年老体衰，或房劳多产，致肝肾阴虚，精血亏弱，阴器失于滋养，血燥生风而引起，属于虚热证。

【辨证治疗】

一、湿热下注

症状：阴部瘙痒，甚至奇痒难忍，黄带如脓，其气腥臭，心烦难寐，口苦而腻，胸胁苦闷，小便短数，舌苔黄腻，脉弦滑。

治则：清利湿热，兼以杀虫。

取穴：1.脾、肝、耳中。

2.肝、心、内生殖器、外生殖器、神门。

二、肝肾阴虚

症状：阴部干涩灼热，有瘙痒感，夜间加剧，带下量少色黄，或如血样，眩晕耳鸣，腰酸腿软，或时有烘热汗出，舌质红，苔少，脉弦细或细数无力。

治则：滋阴降火，润燥疏风。

取穴：1.脾、风溪、外生殖器、耳迷根。

2.肝、肾、内分泌、三焦、外耳、盆腔、皮质下。

第十章

其他

第一节　风湿痹

风湿痹由于风寒湿热等外邪入侵，闭阻经络关节，气血运行不畅，以全身关节呈游走性红、肿、重着、疼痛为主要临床表现。常指西医学中的风湿性关节炎。

【病因病机】

风湿痹的发生主要是由于正气不足，感受风、寒、湿、热之邪所致。内因是疾病发生的基础。素体虚弱、正气不足、腠理不密、卫外不固是引起风湿痹的内在因素，因其易受外邪侵袭，且在感受风、寒、湿、热之邪后，易使肌肉、关节、经络痹阻而形成风湿痹。

风寒湿邪，侵袭人体：由于居住潮湿、涉水冒雨、气候剧变、冷热交错等原因，以致风寒湿邪乘虚侵袭人体，注于经络，留于关节，使气血痹阻而为痹证。由于感邪偏盛的不同，临床表现也就有所差异。以风性善行而数变，故痹痛游走不定而成行痹；寒气凝涩，使气血凝滞不通，故疼痛剧烈而成痛痹；湿性黏滞重着，故使肌肤、关节麻木，重着，痛有定处而成着痹。

感受热邪，或郁久化热：感受风热之邪，与湿相并，而致风湿热合邪为患。素体阳盛或阴虚有热，感受外邪之后易从热化，或因风寒湿痹日久不愈，邪留经络关节，郁而化热，以致出现关节红肿疼痛、发热等症，而形成热痹。

【辨证治疗】

一、行痹（风邪偏盛）

症状：肢体关节肌肉疼痛，游走不定，屈伸不利，或见恶寒发热等，舌苔薄白，脉浮。

治则：祛风通络。

取穴：1.肺、肝、脾、肾上腺。

2.耳迷根、风溪、相应部位。

二、痛痹（寒邪偏盛）

症状：肢体关节疼痛较剧，遇寒加重，得热痛减，昼轻夜重，关节不能屈伸，痛处不红，触之不热，苔白滑，脉弦紧。

治则：温经散寒。

取穴：1.肾、神门、肾上腺、肝、膀胱。

2.肾、三焦、风溪、神门、相应部位。

三、着痹（湿邪偏盛）

症状：肢体关节重着酸痛，痛处固定，下肢为甚，或有肿胀，肌肤麻木，天气阴雨加重，舌苔白腻，脉濡缓。

治则：除湿通络。

取穴：1.脾、胃、耳中、肝、耳迷根、肾上腺。

2.耳迷根、相应部位、内分泌、风溪。

四、热痹（热邪偏盛）

症状：起病急骤，关节疼痛，局部红肿灼热，痛不可触，屈伸不利，得冷稍舒。多有发热恶风，多汗，心烦口渴，舌红苔黄，脉滑数，白睛表现无明显规律。

治则：清热通络。

取穴：1.肺、大肠、耳中、口、膀胱。

2.肺、膀胱、耳中、三焦、相应部位。

五、虚痹（气血两虚）

症状：病程日久，反复不愈，关节疼痛，时轻时重，面黄无华，心悸自汗，头晕乏力，舌质淡，苔薄白，脉濡，白睛表现无明显规律。

治则：补气血，通经络。

取穴：1.脾、肾上腺、三焦、心、耳迷根。

2.耳背心、耳迷根、相应部位。

第二节　消渴病

消渴病，是以多食、多饮、多尿、形体消瘦、体倦乏力或尿有甜味为特征的一种疾病。相当于西医学中的糖尿病。

【病因病机】

《灵枢·五变》篇说："五脏皆柔弱者，善病消渴"，指出了五脏虚弱是发生消渴的主要因素。根据发病机制、临床表现等区别，《内经》中又有"消瘅""肺消""消中"等名称的记载。

历代医家在内经的基础上，对本病的研究又有进展。汉以前《内经》数食甘美多肥，致内热中结，病在中上二焦。《金匮》在《内经》基础上又提出肾虚而治肾之说。隋唐《千金》补酒热脏燥之因。《诸病源候论》提石热结肾、房事过度、下焦虚热。《外台》腰肾虚冷，不能蒸为其本。宋、金、元《圣济》提出肥美、醉酒、房事诸因合致，以肾虚内热为本。《三消论》提出主要病机特征为燥热。《儒事亲门》提出火邪消津。《丹溪心法》提出肾阴虚。《证治要诀》提出肾虚。明、清《医贯》提出命门火衰、不任蒸腾之肾阳虚说。《医门法律》提出劳伤荣卫、元气不足。《景岳全书》提出火、热、阴虚之阳消，也有气血日渐衰败之阴消。

后世医家在临床实践的基础上，根据本病的"三多"症状的孰轻孰重主次，把本病分为上、中、下三消，如《证治准绳·消瘅》篇说：渴而多饮为上消（经谓膈消），消谷善饥为中消（经谓消中），渴而便数有膏为下消（经谓肾消）。

为更好地指导临床辨证施治，在治疗上不宜绝对划分，虽有三消之分，但其病机性质则一，均与肺、脾（胃）、肾有密切关系。本病主要由于素体阴虚、饮食不节，复因情志失调，劳欲过度所致。

【辨证治疗】

一、上消——肺热津伤

症状：烦渴多饮，口干舌燥，尿频量多，舌边尖红，苔薄黄。

治则：清热润肺，生津止渴。

取穴：1.上屏、胰胆、口、肺、肾。

　　　2.胰胆、缘中、肾、脾、三焦。

二、中消——胃热炽盛

症状：多食易饥，形体消瘦，大便干燥，舌红，苔黄燥，脉滑有力。

治则：清胃泻火，养阴增液。

取穴：1.耳中、外鼻、胃、肺、胰胆、脾。

　　　2.胰胆、脾、胃、内分泌、皮质下。

三、下消——肾阴亏虚

症状：尿频量多，浑浊如脂膏，或尿甜，口干唇燥，视物模糊，下肢软弱，舌红，脉细数。

治则：补肾填精。

取穴：1.肾、肺、三焦、口、耳中、内生殖器、外生殖器。

2.胰胆、外耳、肾、下屏、内分泌、三焦。

第三节　乳腺增生

乳腺增生也称乳癖，是指乳房红肿疼痛，是妇女乳房疾患的常见症状之一。

【病因病机】

血瘀：起病或因外伤，或因挤压，或因七情内伤，均可使乳络不和；甚则败血淤积，引起乳房红肿疼痛。

气郁：起病或因外伤，或因挤压，或因七情内伤，均可使乳络不和；甚则败血淤积，引起乳房红肿疼痛。

乳积：本症多见于产后哺乳期。成因有二：一是乳头畸形，阳明郁热，化火成毒；二是肝郁气滞，乳汁不通，郁久成毒。乳房属足阳明胃经，乳头属足厥阴肝经，乳汁的分泌必赖胃之和降与肝之疏泄，若胃失和降，则乳汁壅塞不通；肝失疏泄，则乳络郁闭不泄。乳汁久积必致红肿疼痛。

火毒：为感受时邪火毒而致。火毒内蕴，结而不发，必使乳房红肿热痛。

【辨证治疗】

一、血瘀

症状：乳房内先有硬结疼痛，继而红肿，间有恶寒身热，舌质淡黯，苔薄白，脉弦涩或数。

治则：活血化瘀，消肿。

取穴：1.耳中、胃、皮质下。

2.肝、耳中、内分泌、胸、胸椎。

二、气郁

症状：乳房肿胀不甚，色不焮红，结块久不消散，身有微热，胁痛，纳谷不香，舌质淡，苔白或微黄，脉弦。

治则：疏肝理气，消肿。

取穴：1.肝、脾、三焦。

2.耳中、三焦、胸、内分泌。

三、乳积

症状：先有乳房胀硬，继而灼热肿痛，常伴有恶寒身热，口渴，烦躁，厌食，舌质红，苔黄或腻，脉弦数。

治则：疏肝和胃，清热通络。

取穴：1.口、胃、肾、脾、耳迷根。
　　　2.肝、耳中、胃、胸、内分泌、三焦。

四、火毒

症状：乳房焮红，肿胀疼痛，伴有寒战高热，口渴引饮，便秘溲赤，舌质红赤，苔薄黄而干，脉滑数。

治则：泻火解毒，凉血。

取穴：1.屏尖、肾上腺放血、胃、胸、皮质下。
　　　2.耳中、肝、胃、胸、胸椎、内分泌、三焦、耳尖放血。

第四节　乳房肿块

乳房肿块，也称乳癖，是指乳房有大小不等的结块，状如核仁，推之可动的症状。相当于西医学中的乳腺结节、乳腺纤维瘤。

【病因病机】

肝气郁结：多因情志不舒，肝失疏泄，气机不畅，以致单侧乳房肿块，局部不痛，推之能动，质较韧实，每随情绪波动而有所增减。

气滞血瘀：多因肝郁气滞日久，气滞则血瘀，气血瘀阻，乳部结核质坚，刺痛不移，且常双侧出现。此与肝气郁结单侧乳房肿块，质坚韧，局部不痛有别。

痰气交阻：多因饮食不节，脾胃受损，运化不健，湿聚成痰，痰凝气滞，肝络失宣，故乳房肿块。日久则气郁化火，导致肝肾阴虚，阴虚火旺，灼伤络脉，故溃破流脓。

【辨证治疗】
一、肝气郁结

症状：多为单个，按之如梅李核，边缘清楚，质地韧实，表面光滑，推之能移，兼见性情急躁，胸胁胀痛，舌苔薄，脉弦。

治则：疏肝解郁。

取穴：1.缘中、耳中、脾、肝。

2.耳中、肝、胸、内分泌、三焦。

二、气滞血瘀

症状：乳房肿块多双侧，大小不等，呈结节状，刺痛不移，质稍硬，随月经来潮而症状增减，舌质黯，舌苔白，脉弦细。

治则：疏肝理气，活血化瘀。

取穴：1.耳中、皮质下。

2.肝、耳中、胸、胸椎、三焦。

三、痰气交阻

症状：好发于乳内侧上方，核如梅李，初硬而不坚，推之可动，日久核大而痛，皮红发热溃破，流出败絮状脓液，兼见午后潮热，五心烦热，颧红盗汗，腰膝酸软，舌红苔腻，脉细数。

治则：理气化痰，散结消肿，养阴益肾，清肝泄热。

取穴：1.耳迷根、枕、外生殖器、肾。

2.肝、耳中、胃、胸、内分泌、三焦、外耳。

跋

　　医生这职业既高尚又神圣。医生的天职是救死扶伤、治病救人；人们对医生的职业怀有崇高的敬意。学医、行医必先重德、修德，德是医生的灵魂深处最根本及最重要的。作为一名好医生，要以人为本，以生命为本。

　　孙思邈说："人命至重，有贵千金，一方济之，德逾于此。"这句话充分体现了生命的价值。医生的职业与生命攸关，医生是人的健康的保护神，其天职和使命就是救济病患之人。所以，医生对生命要存有敬畏之心，对患者要发大慈恻隐之心，誓愿普救含灵之苦。

　　好的医者需要心系患者，待患者皆若至亲，以人痛犹己痛的情怀体贴关爱患者。许多患者来到医生面前带着恐惧与期盼、焦虑与希望……心情错综复杂。这些不是单靠药和针能够彻底治疗的。疾病有很多属于身心之病，所以医者在给患者治病的时候，需要给予其更多的关爱。当患者被爱滋养时，身体会快速恢复，爱能驱走疾病不是随便说说的，甚至有科学家发现癌细胞最怕爱，人的内心充满爱或者被爱的时候会分泌一种物质，这种物质可以"消灭"癌细胞。

　　"凡大医治病，必当安神定志，无欲无求。"作为一名人们信得过的良医，必须具有济世救人的高尚品德，从仁、义二字出发；心术不正的人，因贪欲过高，道德缺失，势必影响其治疗效果。倘若有贪欲，勿要从医。一个德术兼优的医生，应思想纯净，气度宽宏，堂堂正正。古人说道："医，仁术也，其心仁，其术智，爱人好生为之仁，聪明权变为之智，仁有余而智不足，尚不失为诚厚之士，若智有余而仁不足，则流为欺世虚狂之徒。"

　　从医之人除具备高尚的医德外，在医术上也要博极医源，精勤不倦；医心至诚，方能精益求精。非精不能明其理，非博不能明其得，医不至诚无以察病痛之根源，抓住除厄的关键。"精"，即寻思妙理、留心钻研、锲而不舍的努力，贵在善悟；"精"，即医术精湛，医贵精、治贵巧、效贵捷。医德"高"则是医生的灵魂，医术"精"则是医生的本事。德与术的关系相辅相成，互相促进；德愈高，术愈精；术愈精，德亦高。医者心存善德，必能急患者之所急，痛患者之所痛，在医术上不断探索、提高；患者越是信任崇敬，越会促进医者不断改进医术，做到精益求精，至精至微；这样的医生必会成为人们心目中的"苍生大医"。

唯愿医者用毕生的精力成为德术双馨的良医，不辱天职。"人有善念，天必佑之"，医者心存善念，必能在从医的路上走得更远、更高，造福众生。

心有多好，医术就有多高——邱飞虎